JN079401

不良

北野武

集英社

目次

不良

不良

1

キーちゃんが喧嘩《けんか》相手に下駄《げた》を蹴り込む。

急所を押さえしゃがみ込みそうになる男の右側に素早く回り、左の拳で顔面を突き上げながら、右の拳をハンマーのように後頭部に叩《たた》きつける。

苦し紛れに男が左手を振り回すが、ウイービングしてかわし、すぐ左側に回る。右のショートフックで顔面を突き上げ、今度は左の拳を叩きつける。

顔面を血だらけにした男は、ただ呻《うめ》くように一言吐き出す。

「分かった、止《や》めてくれ」

キーちゃんは顔を男に近づけ「どう分かったんだよ?」と、まだ殴りそうだ。

男が渡した数個の百円玉を学生服のポケットに入れながら、キーちゃんが戻ってきた。

「あの野郎、どこの学校だ。ボクシングやってんだってよ。弱い野郎だ、あんなんでよく本当にやってるなんて言えるよな」

「下駄の蹴りだけで終わりですよ」

同級生の佐々木《ささき》と鈴木《すずき》がペコペコしながら迎える。

「茂《しげる》、行こうぜ」

キーちゃんが俺を呼ぶ。

放課後はいつも番長のキーちゃんこと吉岡菊二《よしおかきくじ》を中心に、俺、佐々木和夫《かずお》、鈴木誠《まこと》、この四人で、北千住《きたせんじゅ》や上野、浅草に遊びに行き、中学生や高校生の不良を見つけては、キーちゃんがカツアゲして、喫茶店でコーヒー飲んでタバコ吸って帰る、そんな生活だった。

「おい、ニューブリッジ行こうか」

さっきまで喧嘩していた事など忘れたように、キーちゃんが喫茶店に誘う。

ニューブリッジは北千住の西口にある喫茶店の名前で、荒川放水路に架かっている千住新橋を英語に直訳したのだという。ヤクザとか不良がよく屯《たむろ》していた。

店に入るとキーちゃんが「コーヒー三つとビール一本、タバコある？」なんて慣れた調子で注文する。デカくて汚れたラジオから「ドドンパ、ドドンパ！　ドドンパが、あたしの胸にィ」と渡辺《わたなべ》マリがパンチを利かせる『東京ドドンパ娘』が流れていた。胸に来るドドンパって何なのかよくわからないが。

カウンターに座っているヤクザが振り返るが、キーちゃんは気にせず最初のタバコを咥《くわ》え、佐々木がすぐ火をつける。

鈴木がキーちゃんの手を見て叫ぶ。

「キーちゃん、手から血が出てますよ！」

キーちゃんは平気な顔で「ヤツの歯が折れて刺さったんだよ」と言った。

「お前らまたカツアゲしたのか、そんな事してると俺みたいになっちゃうぞ！」

カウンターのヤクザが、チンピラなのに俠客《きようかく》みたいな態度を取った事にキーちゃんが反応して睨《にら》んだ。

「ヤクザになっても、お前みたいなチンピラになんかならねえよ！」

その言葉にキレたヤクザが「何このガキ！」と灰皿を摑《つか》むと、「まあまあ兄貴、子供脅かしてもしょうがないでしょう」とマスターが止めに入った。

「このガキ偉そうに言うからよ」ヤクザが渋々黙る。

この店のバックに地元の別のヤクザがいるのを知っているからだろう。

キーちゃんは怖がりもせずタバコを吹かしてる。

キーちゃんを初めて見たのは中学の入学式の時だった。俺たちの中学は受験校としても有名で、多くの生徒が埼玉や他の学区から住民票を移して入学してくる。俺も母親がいい高校に行かせよ

う と親類に頼んで住民票を移したから入れたらしい。

キーちゃんや佐々木は五反野《ごたんの》だから、たんに決められた中学に入っただけだが、俺と鈴木は違う。鈴木は埼玉県の越谷《こしがや》から東武線で通学している。

俺たち団塊の世代は大人数が進学するので、足立《あだち》区だけで十五校以上の中学があった。うちの学校には夜間中学も含め五千人もの生徒がいた。

一学年で十六クラス、一クラス六十人位の生徒トータル千人。自分のクラスのヤツでも分からないときがある。だから入学式なんて狭い体育館に押し込められ、どっかの難民が集まっているみたいで大騒ぎだった。

会場の暑さにだれていた頃、後ろの方で喧嘩が始まった。遠巻きに見ている生徒達の間から、二人の新入生が取っ組み合っているのが見えた。

片方のヤツが大分長身で、長い腕を伸ばして相手の喉元を押し、顔を横に向かせている。小さい方の生徒も長身の生徒の腕を摑んではいたが、リーチの差で相手の腕が突っかかってしまい、顔を捩《よじ》らせながら、凄《すご》い目つきで相手を睨んでいる。

暫《しばら》く膠着《こうちゃく》状態が続いたが、小さい方の生徒が両腕を相手の腕に下から叩きつけて振り払い、相手の手が喉元から離れたとたんしゃがみ込んだ。

今度は素早く飛び上がり、頭を顔面に叩き込む。そして鼻血を噴き出しよろめく相手の両肩を摑み、頭突きを繰り出す。仰向けに倒れ込んだところを素早く馬乗りになり殴り始めた。その頃になるとようやく若手の先生たちが集まり始め、両者を引き離し職員室に連れて行ったが、喧嘩は小さい方の生徒の圧勝だった。

相手は鼻の骨が折れ、前歯も二、三本折れたらしい。

今度の新入生に凄く喧嘩が強いヤツがいると、たちまち皆の噂《うわさ》になった。

翌日、登校するとクラス分けも済んでいて、俺は一年四組だった。教室にはもう何人かいて笑いながら話している。こいつらは皆同じ小学校の卒業で、顔見知りなんだろう。

一つ空いた椅子を見つけ座っていると、生徒がジャンジャン増え始め、狭い教室は満杯になった。ベルが鳴ると授業開始だが、先《ま》ずは席割りで、担任の英語の女の先生が席順に名前を呼び上げた。その中に入学式でデカい生徒をボコボコにしたあの生徒がいた。「吉岡菊二君はその横です」と言われ、どうでもいいように返事もせず、自分の席に座った。俺は丁度、その吉岡の後ろだった。

皆が席に着くと先生が自己紹介を始めた。それが終わったら俺たちの番で、順番に「山田欽一《やまだきんいち》です、梅田第三小学校から来ました」「島崎伸行《しまざきのぶゆき》です越谷第八小学校です」なんて緊張気味に起立しては、初対面の生徒達に挨拶《あいさつ》する。

いよいよ吉岡の番が来て、皆が注目する中、ぶっきらぼうに「吉岡菊二、千住朝日小学校！」

と言うや、すぐに座って窓の外を見た。

俺はあがってしまって、何を言ったか覚えてない。休憩時間になり教室や廊下でそれぞれが顔見知りの生徒同士で雑談をしていたが、俺は他の学区から来ているので知り合いがおらず、教室の後ろで立っていた。

そこにちょっと太った佐々木という生徒が寄ってきた。

「おい、お前。何て名前なんだ？」

「高野《たかの》茂」

「高野か。俺は佐々木だ。覚えておけよ！」

覚えておいて何のためになるか分からないが、まだ友達もいないし「うん！」と答えようとした瞬間だった。

「佐々木！　てめえ何やってんだ、コノヤロー！」

振り向くと、吉岡がポケットに両手を入れ、背中を丸めて下から睨んでいる。

佐々木は猫に睨まれたネズミのように慌てた。

「いや、見た事ねえヤツだからちょっと脅かしてたんです」

「馬鹿野郎、弱いヤツを虐《いじ》めんな」

いきなり吉岡のパンチが飛ぶ。

鼻血の出た顔面を手で押さえて「キーちゃん、すいません」と佐々木は震えていた。

そんな事、吉岡は気にしない。

「それからな、鈴木って埼玉から来たヤツ、呼んでこい」

吉岡は、キーちゃんと呼ばれているのだと知った。

すぐに佐々木が廊下にいる鈴木を連れて来た。鈴木は埼玉の学校では悪ガキで有名だったらしいが、ここは足立区だ。

「お前か、鈴木ってのは？」

「だからなんだよ！」

鈴木が答える前に吉岡のパンチが飛んだ。尻餅をついて驚いたように吉岡を見上げる。

「おい、てめえ、いくら埼玉で有名でもここじゃ通じねえぞ、コノヤロー」

「すいません」

鈴木はすぐ謝った。

「今日からキーちゃんが一年坊の番長だからちゃんとしろよ」

佐々木が兄貴風に言い、俺たちは子分になった。

「帰りは北千住行こうか。パチンコ開店らしいぞ」

キーちゃんこと吉岡との会話は、俺にとってはもう大人だった。

結局、キーちゃん率いる不良グループは佐々木、鈴木、俺でスタート。北千住のパチンコ屋でキーちゃんが打っている間、俺たちはホールの玉拾いだ。皿に残っている玉を集めたり、客が摑み損ねた玉を素早く拾って、溜《た》まるとキーちゃんに持って行くなんてことをした。

いつも駄目だったが、たまに大当たりして、近所の交換所で金に換えて、ビールを飲んだりラーメンを食ったりするようになる。

キーちゃんの別名は「チョーパンの菊二」だと喫茶店で聞いた。佐々木が言うには、いきなり頭突きして喧嘩になるかららしい。

入学して一ヶ月ほどでグループも十人位に増え、キーちゃんは何故《なぜ》か帰りは俺を自転車の後ろに乗せ、家まで送り届けてくれた。

兄弟のいない俺にとって、キーちゃんは頼もしい兄貴であり、父親のようにも感じた。

中学は一学年に千人もいるので、キーちゃんみたいなワルもいれば、将来は東大や京大に行くだろうと思われてるヤツ、馬鹿で一人じゃ学校に来られないヤツなど色々いる。

春と秋に全校試験があり、テストの結果が一番から千番まで、学年ごとに講堂の壁に貼り出される。

試験は数学、理科、社会、英語、国語で千点満点。いつも一番は秋本《あきもと》君か住田《すみだ》君で千点満点中九百八十点以上の成績を上げる。この二人が毎回トップを争っているが、ペケは杉本《すぎもと》君という子で、一人では学校に来られないので近所の上級生の友達がいつも一緒についてくる。

杉本君はいつも千点満点中十五点で、先生が「〇×テストもあるのに、十五点だけしか取れないのは天才かも。普通どんな馬鹿でも三十点は取ってしまうぞ」と妙な感心をしていた。杉本君は二年の時、自転車の練習中トラックに轢《ひ》かれて死んでしまった。

夏が近くなり、キーちゃんのことは全校に知れ渡り、上級生が俺たちに目をつけだした。

ある日キーちゃんと俺たちは三年生の番長に呼び出された。学年が変わると身体《からだ》つきがまるで違う。相手はもう大人のような体格で上から俺たちを見下ろしている。

「お前が吉岡か？　一年坊のくせに調子に乗るなよ」

いきなりキーちゃんに殴りかかってきた。

キーちゃんは軽くよけて、学ランの袖からキリのような尖《とが》った棒を出し、相手の太股《ふともも》に突き刺した。暫くして痛みを感じたのか、三年の番長は信じられないといった顔でキーちゃんを見たが、次第に恐怖の表情へ変わっていった。

これがまた噂になり、二年の番長なんかは、俺たちを避けるようになっていた。それ以来、俺たちは下校時に校門の前で一人五円から十円を徴収して、北千住で待ってるキーちゃんに届けることになった。これが日課だった。

ニューブリッジでコーヒーを飲みながら、タバコを吹かして「違う中学脅してやろか？」とキーちゃんが言いだした。すかさず鈴木が尋ねる。

「キーちゃん、前に三年の福田《ふくだ》を何かで刺したでしょう、アレなんですか？」

「よし、お前らに作ってやるか。明日、五寸釘《ごすんくぎ》持って来い」

翌日、皆言われたとおりに五寸釘を持って集合した。

まず徴収した金でコーヒーを飲んでから、「さあ行くぞ！」とキーちゃんが立ち上がった。

「どこ行くの？」と訊《き》くと、荒川の土手に行くらしい。

「東武線に轢かせんだ。五寸釘ぺったんこになって、柄《つか》を何かで巻けば立派なナイフだ」

電車に轢かせるなんて大丈夫かなと思ったが、キーちゃんが言うので従うしかない。

土手に沿って東武線が走っている。

線路の上に釘を並べて土手から見ていた。暫くすると貨物列車が遠くに見えた。

「長いから、相当薄くなるぞ」とキーちゃんが笑ってる。

皆が期待している目の前を貨物列車が通り過ぎる。

ガタンゴトンと線路の継ぎ目が起こす音がリズミカルに続いていたが、急にそれが狂った。ガリ、ガリ、ガタガタンと線路から車輪が外れ、枕木の上に乗り上げ、列車は土手の下に落ちていった。

呆然《ぼうぜん》とそれを見ていた俺たち、スローモーションのように落ちていく貨物列車、ディズニーのアニメのようなシーンだった。我に返った鈴木が「逃げろ！」と言って先に北千住の方に走った。

キーちゃんは列車の脱線よりもナイフの製作に失敗したことの方がショックみたいで、「茂、帰ろう」とゆっくり北千住に向かった。

ニューブリッジでコーヒーを飲んでいると佐々木や鈴木が飛んできて、今消防や警察が来ていると怯《おび》えている。

「お前ら、何にも知らねえって言ってればいいんだよ、裏切るなよ！」

キーちゃんは平気でタバコを吹かしてる。どうも明日の夕方、六中か七中に喧嘩しに行くことしか考えてないんじゃないのかと思った。東武線のことなど忘れたみたい。凄い人だ。

あくる日の新聞には大きく事故のことが出ていて、警察は子供のイタズラとみていると書いてあった。

夕方、六中の正門の前にいた。出て来た生意気そうなヤツを捕まえて、番長に話があると伝えてくれと言うと、そいつはすぐ校舎に逆戻りして、数分後には身体のデカい生徒が十人位を連れて現われた。

「何だてめえ達、ここまで遠征してきたのか？」

キーちゃんが落ち着いて「何ヤツが番長だ？」と訊くと「俺だよ」と先頭のデカいヤツが答えた。

キーちゃんは黙ってそいつに近づき、いきなり両肩を摑み頭突きをかます、それで全て終わり。いきなり鼻を折られた男はただ顔を伏せているだけだった。

「明日から夕方、金貰《もら》いに来る！」と言って、「今日は浅草行こう」とキーちゃんが俺たちを連れて歩き出した。

浅草ではキーちゃんを先頭に道を行く。賑《にぎ》やかな映画街があり、『荒野の七人』の派手な看板や『続・社長道中記』で間抜けなサラリーマンを演じる俳優のポスターがあった。俺らは映画を観ずに、ひたすら田舎者の学生か悪そうな子供を見つけては路地に連れ込みカツアゲをした。あっという間に五百円近く貯《た》まる。それを持って、吉原《よしわら》に近いもんじゃ焼き屋に行ってビールを飲んだり、タバコを吸ったりした。俺にとっては毎日が遠足のような気分で、学校に行くのが嬉《うれ》しくてしょうがなかった。キーちゃんがなんで俺を可愛《かわい》がってくれるのかわからないが、口うるさい母親と信用金庫に勤める地味な父親との生活がいやで、今度の中学も進学校で友達も出来ないだろうと思っていたから余計楽しかった。

もんじゃ焼き屋から出ると、そこには警官と、俺たちがカツアゲした子供が待っていた。警官が俺たちを見て「こいつらか？」と訊くと、子供が急に泣き出して、首を縦に振る。

「おい、こんな子供からいくら取ったんだ！」

「知らねえよ、俺たちここにいたもん！」

キーちゃんは平気で答えている。

俺は警官を見た瞬間、親の顔や学校の事が頭の中を駆け巡り、泣きそうになった。

「何か証拠でもあんのか？」

キーちゃんは大人、しかも警官にも、怖がりもしないで嘯《うそぶ》いている。警官は意外な少年の反応に狼狽《うろた》えた。

「この子が、お前達に金取られたと言ってるんだ！」

「だから、知らねえと言ってんだよ！」と、警官とキーちゃんの言い合いが始まった。

見物人が段々増え、浅草って所は伝統的にお上《かみ》が嫌いだから、「ガキ虐めてどうすんだ！　帰してやれ可哀想《かわいそう》だろう！」なんて、理由も知らない見物人が野次る。

警官もそれに押され、「まあ、今日の所はしょうがない、お前ら帰れ、ぼーやも一人でこんな所来ちゃ駄目だよ、送るから」とまるでガキと逃げるように帰って行った。

「証拠がねえのに、何やってんだ、あのポリ公！」

警官をポリ公と呼ぶキーちゃんを、俺たち三人はまた尊敬する。

「北千住へ帰ろう。いつまでもここにいるとやばいから」

東武線に乗って、北千住のニューブリッジに戻った。

「お前ら、あそこで知らんぷりしねえと、すぐ補導されて、練鑑《ねりかん》行きだぞ！」

キーちゃんがビールを飲みながら俺たちに説教を始めた。大体の不良は練鑑といって練馬《ねりま》にある東京少年鑑別所へまず連れて行かれ、そこからどの少年院に行くか、あるいは行かなくて済むか、決められるらしい。キーちゃんの兄貴は少年院に入れられ三年後に出て来たという。今は北千住の中くらいのヤクザの組員らしい。だからこの店のマスターがビールやタバコを平気で出すんだ。詳しく聞いた事はないが、キーちゃんの家庭は父親がいなくて母親と兄貴の三人暮らしだったらしい。

親爺《おやじ》が死んだ後（キーちゃんが言うにはヤクザの抗争で殺された）、お袋が内職やヨイトマケで子供二人を育てたが、親爺の真似《まね》をして兄貴はヤクザになり、キーちゃんも今スカウトされてるそうだ。

スカウトといえば、一年生の最初の運動会でキーちゃんが走った百メートルは、高校生の陸上選手くらいのタイムで評判となり、まだ一年生なのに、ラグビーの名門だった保善《ほぜん》高校とか日大二高とかの高校から声を掛けられていた。しかしキーちゃんはそんなものには興味がなく、監督とかコーチに何か指図されるのも嫌いらしい。

あるとき、グラウンドで野球部が練習しているところにキーちゃんが現われ、「おい、ちょっと打たしてみろ！」と、選手のバットを借りて打席に入った。

「おい、一番いい球投げてみろ！」と構える。

ピッチャーは何せ相手が番長のキーちゃんなんで緊張している。振りかぶってストレートを投げ込んだが、簡単にレフトオーバーのホームラン。

「お前、ちゃんと投げろよ。小学生か？　東映の水原《みずはら》が見てたら俺を欲しがるな！」

凄むキーちゃんに今度はカーブを投げたが、スッポ抜けてキーちゃんの顔の方に飛んでしまった。まずい当たってしまうと思った途端、キーちゃんはその球をオデコで打ち返した。さすがチョーパンの菊二だ。

「おい、代われ！」

今度はキーちゃんが投げるという。

「誰か、打て！」

言われてチームの四番が出てきた。

「お前が四番か？」と言いながら、キーちゃんがストレートを投げ込む。

球が速いので、打者は驚いた顔で見逃す。

「俺は稲尾《いなお》じゃねえんだぞ。いい球じゃねえか、ホームランボールだぞ。じゃもう一球」

ストレートが来ると思っている打者は、鋭く曲がるカーブにタイミングを外され、空振りして転がる。キーちゃんは笑いながら「同じ球を投げるわけないじゃねえか、羽子《はね》突きでもやってろ！」なんて言ってさっさと帰っていく。

キーちゃんはスポーツ万能だった。だから喧嘩も強いんだ。俺はまたその凄さを見た。野球で甲子園に行ってプロになれば、お金持ちにもなれるのにと思ったが、キーちゃんは全くそんな気はないみたいだった。

キーちゃんが初めて下駄を履いてきたのは、二年生の春休みあたりだった。

相手がドスや木刀を持っているとき、下駄の鼻緒に指を掛けて振り回せば対抗出来るし、樫《かし》の下駄なら頑丈だから相手の脛《すね》なんか一撃で折れると、ヤクザの兄貴が教えてくれたらしい。

いつものように喫茶店でコーヒーを飲んでいると、キーちゃんは中尾《なかお》ミエの『可愛いベイビー』を鼻歌で歌い、曲が終わると、「おい、上野行こう！」と言いだした。

「上野ですか。何しに？」佐々木が訊く。

「この下駄、本当に使えるのか調べたいんだよ」

「下駄を何に使うんですか？」

「てめえはいちいち、うるせえなあ」

四人でバスに乗って上野に向かう。バスの中で大人しそうな高校生を見つけ、タカリ始めた。

「お前どこの高校だ、タバコ持ってるか？」

「そんなの持ってないですよ！」

「じゃあ買ってくれよ、金出せ！」相手は五十円位出した。少しだがお茶代くらいにはなる。

上野のアメ横をふらふら歩いていると地元の不良と出くわした。アメ横には戦後から米軍のお下がり、バナナ、闇ドルで商売をしてるワルがいっぱいいるが、その子供達も環境がそうさせるのか不良になったり、そのままヤクザになったりするヤツもいる。

「おい、ガキ何しに来た、この辺荒らすなよ！」と凄んできたヤツに「こっちの勝手だろこのチンピラ！」とキーちゃんは早くも臨戦態勢だった。

「何コノヤロー！」

キーちゃんに摑みかかろうとして一歩踏み出した左足の脛を、樫の下駄で蹴る。パキンと薪《まき》が爆《は》ぜるような音がして、相手が崩れ落ちた。膝から落ちたのかと思ったがよく見ると折れた脛の骨が地面に刺さっている。それを見て吐き気がしてきた。絞り出すような呻き声を上げて男がのたうち回る。

キーちゃんの周りには数人のワルが飛び出しナイフやドスまで手にして囲んでいる。キーちゃんは下駄を脱ぎ鼻緒に指を掛けいきなり振り回す。鞭《むち》のように撓《しな》る下駄が相手の目の上を一撃、骨が折れ眼球が飛び出す。なおも振り回した下駄でナイフを持った手の甲を打ち砕き、「逃げろ！」と叫んで上野公園の方に走り出した。俺たちも夢中で走った。

俺たちがやっと西郷さんの銅像まで来たときには、キーちゃんはしゃがんでタバコを吸っていた。そして「遅いよ、お前ら。でもこの下駄さ、威力あんな？」と平気な顔で訊いてくる。それ以来、キーちゃんは春夏はダボシャツ、冬はドテラに下駄を必ず履いている。

こうして、ろくすっぽ学校も行かずに三年になった。

先生達も諦めているのか俺たちに何も罰はなかった。学校に行かないのだから、先生達にとっては問題が起きなくて都合がいい。けど既に何回か警察の少年課や教育委員会の連中が学校に来ているらしい。

佐々木は実家が魚屋で高校へ行く気はないし、親も後を継いでくれれば問題ないと干渉しない。鈴木は越谷の地主の息子で親が遊び回っていて、こちらも子供には好きにさせているらしい。問題は俺だ。両親はどうにかいい高校へ進学して大学も出て、大会社に就職、出来れば官僚みたいな、親方日の丸で安定した仕事に就いて欲しいと思っているが、二年間、親を騙《だま》してキーちゃん達と遊び歩いたつけが回り、勉強は出来ない、金を稼げる体力も運動神経もない。今になって初めて将来を考えるようになっていた。

久々にキーちゃんが学校へ行くと聞いたのでちゃんと時間通りに教室へ行ったら、入り口で佐々木が待っていて、キーちゃんと鈴木は体育館にいると言う。二人で行くと、跳び箱にマットを被《かぶ》せドスで刺している。刺しながらキーちゃんはボソボソと歌っていた。弘田三枝子《ひろたみえこ》の歌だ。

ＶＡＣＡＴＩＯＮ　たのしいな
ギラギラと輝く太陽背にうけて
青い海　泳ぎましょ

「待ち遠しいのはァ～、か。ここらのドブ川もそうだけどさ、東京湾なんか泳げるわけねえじゃねえか」キーちゃんが笑う。

「ミコちゃんの歌ってる海は江の島とか茅ヶ崎《ちがさき》じゃないんですか」鈴木が真面目な顔で応じる。

「あ、ハワイなのかもな」

「うるせえんだよ、おい！　鈴木、ドスの柄を腰に当てないと滑って自分の指切るぞ。相手を刺して知らずに指落としたヤツ昔いたんだ、兄貴の組に！」

「キーちゃんの兄貴、なんて組にいるんですか？」

「美善《びぜん》一家吉岡組、組長だよ！」

「すげえ、親分ですね」

「凄かねえよ、子分で組持ってるだけだ」

「でもヤクザの親分でしょう！」

「うるせえな。早く刺せ、身体使って！」

キーちゃんと鈴木はドスで相手を刺す練習をしていた。

その後、体育館の裏手でタバコを吸いながら四人でポカンとしていると、キーちゃんが「お前ら、どうすんだ卒業したら？」と訊いてきた。

「俺は魚屋継ぎます」と佐々木がすぐ答える。

「俺は親が不動産会社なので専門学校に行かされるみたいです」

鈴木は代々の土地と会社を継ぐらしい。

「茂は？　お前は学校行かなきゃ駄目だろう？」

キーちゃんが急に親みたいな事を言い出した。

「キーちゃんはどうすんの？」

俺が訊くと「俺は、ヤクザの下積みやんなきゃ兄貴に申しわけないよ」と、もう極道の世界に入ると決めているらしい。

「おい、酒飲もうか。茂、酒買ってこい！」

「え、ここで飲むの？」

「いいじゃねえか、涼しくて」

キーちゃんがポケットから金を出した。俺は金をポケットにしまい学校の塀を跳び越え、近所の酒屋で安いウイスキーと缶詰を買い、箸を貰って帰って来た。

「早いな、茂。お前だったらヤクザのいい子分になるぞ、何買って来た？」

「ウイスキーと缶詰」

俺が言う前にキーちゃんが紙袋を破き中身を足下に広げる。

「コンビーフと鮭《さけ》缶、鯨もあんな。これは安いウイスキーだろ、こんなにデカくて二百五十円だ、まあいいか」

つり銭を渡そうとすると「いいよ取っとけ、それで親に家でも買ってやれ」と笑う。

漫才師が良く使うネタで自分でうけている。

四人で酒を飲みタバコを吸っていると、用務員の親爺が「ここで何やってんだお前ら。警察呼ぶぞ！」と怒鳴るので、俺たちは平然と塀を乗り越え、笑いながら学校から出た。

おかしな話で、キーちゃんと俺たちの評判は他の中学では有名なのに、この中学では注意されたことも、警察に補導されたこともなかった。よっぽど教育委員会の連中とか学校の校長や教頭が出世したいんだろう。事なかれ主義のハシリかもしれない。

「お前らとも今日が最後だ！」

そう言ってキーちゃんが歩き出した。千住新橋の中ほどまで来ると、突然立ち止まり俺たちに向かって言う。

「俺はこれから身体一つと根性で生きてゆかなきゃいけねえ。俺に何かあっても、ほっとけよ！」

急に別れを告げて戦争にでも行くような口ぶりだ。俺たちがポカンとしてると、「根性がないと生きてゆけねえ！」と言いながら服を脱ぎだした。そして橋の下を流れる荒川に欄干から飛び込んだ。

あっという間の出来事で、三人とも橋の上から川を見ているだけだった。俺たちが不安になるまでキーちゃんは水面に上がってこなかった。警察かどっかに連絡しようか？　と迷っていると、五十メートル位川下から声が聞こえた。

「気持ちいいぞ、お前らも飛び込め！」笑いながらキーちゃんが命じる。

三人ともそんな事出来るはずない。橋の上でオロオロしてると、「そこで待ってろ、今行くから」と、今度は土手に向かって泳ぎだした。

三十分位してキーちゃんが千住側の橋の袂《たもと》から姿を現わした。

「いてえ、腹と顔面撲《ぶ》っちゃった！　ニューブリッジの便所借りて身体洗おう、お前ら泳がなくて良かった。ヘドロだらけだ」

キーちゃんはさっさと服を着て歩き出す。三人ともあまりに無茶なキーちゃんに圧倒されて、黙って付いて行くだけだった。

ニューブリッジでコーヒーを飲んでいると、マスターが「吉岡さんの舎弟、荒川飛び込んだって？」と目を丸くしている。俺たちが頷《うなず》くと「いい根性してるな、ヤツ。ヤクザが欲しがるわけだ！」なんて感心していた。

俺たちはどう答えていいか分からなかったが、キーちゃんは死ぬかも知れないヤクザになる事を覚悟したのだろうと思った。

そのまま店で酒を飲んだ。俺はそんなに酒を飲んだことがないが、その日だけは飲まないと置いてけぼりを喰らいそうで、不安な気持ちを忘れるように日本酒だか焼酎だかも分からないまま、ひたすら飲んだ。

時間が来てキーちゃんが「じゃあ、帰るか。今度会った時は小遣いでもやるから元気でな！」とあっさり店から出て行った。俺たちも帰る事になったが、酒が回ってしまい、店を出た瞬間にゲエゲエ吐いた。佐々木や鈴木が介抱してくれたが、つられて二人も吐き出した。

佐々木と帰りは同じ方向だが一人で帰る事にした。千住新橋の上をフラフラになって歩きながら俺はこれからどうしたらいいのかと、捨てられた猫みたいに不安だった。今日でキーちゃんとは会えなくなる、皆先の事を決めている、俺だけ将来何をしていいのか分からない。高校へ行かなきゃ。勉強してみるか。初めてそう思った。

家に帰ると、口うるさいはずのお袋が黙っている。親爺はもう寝ていた。

「父ちゃんもう寝てんの？　早《はえ》えな」

いつも強いお袋が泣き出した。

「父ちゃん癌《がん》だって。あと数ヶ月だって。お前どうする？　中学生のくせに酒飲んで、悪いヤツと付き合って学校も行かないで。都立の高校じゃないと学費高いから行かせらんないよ。私が何かアルバイトでもして学費や生活費稼いでこなきゃ。もう父ちゃん働けないんだから。貯金もないし」

俺に対する不満と将来の不安で、お袋は涙も拭かずに俺を叱った。

2

とにかく俺は勉強する事にした。都立高校くらい入らないと格好が悪い。取りあえず学校に毎日行こう。もうキーちゃんとは遊べないんだから。

翌日、教室に入ると皆変な顔して俺を見た。鈴木がこっちを見て手を振っている。キーちゃんと佐々木はいなかった。

昼休み二人だけだと心細い。体育館の裏でタバコを吸っていると、何組の生徒だか分からないヤツが話しかけて来た。

「おい、タバコくんねえか？」

鈴木が一本ケースから抜いて出した。

「何だ、コノヤロー、こっちは四人いるんだぞ。一本を四人で吸うのか？　全部よこせ。吉岡がいねえと大変だな、魚屋もいねえし」

こいつらもう、キーちゃんと佐々木が学校へ来ないのを知ってるんだ。俺は急に腹が立って「おい、欲しけりゃ自分で取ってみろ！」そう言ってリーダーらしい男に近づいた。

「何だとコノヤロー！」と胸ぐらを摑まれた瞬間、俺は袖に隠していた五寸釘のナイフで相手の腹を刺した。

相手は暫く気が付かなかったが、俺の手についた血と下腹部の痛みで何をされたか理解したようで、真っ青な顔になり子分を連れて逃げていった。

鈴木が「そのナイフ、キーちゃんに貰ったの？」と訊く。

「ああ、電車に轢かせて作ったやつだよ！」

何か意外だが、逃げていくヤツらを見ていると、喧嘩で脅かすなんて簡単に思えた。ちょっと腹刺しただけで、皆逃げる。

俺はこの日からこの中学の番長になったようだ。逃げたヤツらが噂を中学じゅうに広めてくれた。まるでキーちゃんの跡目を相続したようだ。これじゃあまるでヤクザだ。

勉強の方はいきなり三年の教科書を見てもさっぱりで、特に数学がついていけない。家に帰って、昔の教科書を引っ張り出して、最初からやり直した。国立大学に入れるような高校は無理だが、都立の馬鹿高校くらいは受かるような気がした。

それから数ヶ月して佐々木に会った。聞くと、キーちゃんは今、少年院にいるという。ヤクザの使いっぱしりをやっていたが、北千住で喧嘩して相手を半殺しにしてしまい、未成年なので何年か少年院に入れられることになったらしい。

俺は佐々木に仕事の事を聞きたかった。高校に入ったら、アルバイトをしてお袋を助けないとならない。せめて学費くらい稼ぎたい。佐々木ん家《ち》の魚屋って商売は、朝、河岸《かし》へ行って魚を仕入れれば、昼間はほとんど休みだろうと思い、相談してみた。

「魚屋はどうだ、大変か？」

「いや、朝早いだけで仕入れが終われば、捌《さば》くのは親爺だから、朝の仕事の後は寝てるよ、お前も仕事覚えろってうるせえけど」

「俺、高校入ったら佐々木の魚屋で使ってくんねえかな、朝だけ。学校も昼間行けるし？」

「お前、高校行くんだっけ？　アルバイトか？　親爺に訊いてやるよ、今若いのいねえから喜ぶんじゃねえか！」

「頼むわ。親爺が倒れちゃって、お袋が働くって言うんで、遊んでいられないんだ」

「お前、真面目になったなあ」

褒められたのか、笑われたのか分からなかった。

「この間、タバコ吸ってたら他の組のヤツらが喧嘩ふっかけてきたから、キーちゃんに貰った五寸釘のナイフで刺しちゃったんだ」

「おい！　大丈夫だったか？」

「腹にちょっと刺さっただけで、血が滲《にじ》んでたのを見て、すっ飛んで逃げてった」

「走れるんだったら、どうって事ねえよ。キーちゃんがいればそんな事絶対ないのになあ、早く出て来ねえかなキーちゃん」

「出て来ても、ヤクザだろ、もう遊べないよ」

「俺も、親爺が包丁のセット買ってくれたから遊べないかもな。茂！　親爺に訊いといてやるよ、また顔出せよ」

「うん、高校受かったら朝だけアルバイト頼むって、親爺さんに訊いといてくれ、悪いな！」

久々に佐々木に会ったがもう魚屋の職人になる修業を始めている。心配なのはキーちゃんだが、ヤクザの組に入ったのだから少年院なんて当たり前か。とにかく俺は遅れていた勉強をして都立高校に行かなきゃ。

　数ヶ月後、俺は都立の高校に入ることができた。結局、教科書をよく読んで暗記すれば高校なんて余裕だと思った。だったらちゃんと学校行って勉強すれば、国立か私立の有名大学だって入れると思ったが後の祭りだ。

　中学の入学式と違って、喧嘩してるヤツはもういなかったが、なにせ馬鹿でもなく頭がいいわけでもないヤツばかりなので、つまらなそうな高校だ。まるで皆出世を諦めた官僚のようで、卒業して間抜けな大学へ行くか、就職するかしかないような雰囲気だった。十月にはオリンピックもあるらしいが、浮かれた空気はちっともなかった。

　クラス分けが終わり教室へ入ると、皆が怖そうに俺を見た。なんか変だなと見渡すと、中学の同級生がいた。こいつが俺の事言いふらしたな。同級生をナイフで刺したとか小指を飛ばしたとか、拳銃で先生を撃ったとか、大袈裟《おおげさ》に言ったんだろうと思った。なら皆の期待に応えてやろうかと、俺は怒鳴った。

「おい、安田《やすだ》。てめえ俺の悪口言ってたろ。何の話喋《しゃべ》ったんだ？　言ってみろコノヤロー、てめえの腹、穴だらけにしてやろうか！」

　安田は真っ青になった。

「高野君、俺、何も言ってないよ。なあ、みんな？」

皆に黙っていてくれと頼んでいる。だが、他の生徒は安田が言った通りのワルが来たと思ったんだろう。こうして何もせずに俺はいきなり一年生の番長に祭り上げられた。

「小指を飛ばした」というのは、2B弾にまつわる話から来ている。2B弾は、子供たちに人気のあった花火の一種。マッチのように擦れば火がつき、池に投げ込んでも爆発する代物で、とにかく破裂音が凄くて威力があった。

この2B弾の火薬をほぐしてコウモリ傘の柄に詰め、火をつけると先端に入れた弾がロケットのように飛んでいくのが面白くて、子分の生徒に火薬を詰めさせていた。すると、キーちゃんがもっと詰めろと言う。仕方なく続けていると、突然そいつが爆発。子分の生徒の小指が吹っ飛んじまった。

その頃はアメリカのテレビ番組ブームで、面白いドラマがたくさんあった。

クリント・イーストウッドのカウボーイドラマ『ローハイド』とかジョン・スミスとロバート・フラーの『ララミー牧場』、ヴィック・モロー主演の『コンバット！』や他に『ライフルマン』『コルト45』などいろいろあるが、どのドラマも銃が出てくる。男子は拳銃に憧れ、どうにか火薬を手に入れ、オモチャの拳銃に弾を詰めてよく怪我《けが》をした。

馬鹿の杉本君に、キーちゃんがオモチャの拳銃に火薬を詰め空気銃の弾を入れて渡し、体育の先生を指さして「杉本、あいつを撃ってみろ」と言ったことがある。

指示通り先生の頭に向けて杉本君が拳銃の引き金を引いた。すると、もの凄い音がして拳銃から飛び出した弾は、一直線に二メートル先にいた先生の頭に命中。先生は振り向きざま一言「痛《いて》え！」と叫んだ。

弾ははずんで地面に落ちた。

それを見て先生が「杉本、お前、俺の頭撃ったな！」と涙声で叫んだ。

大事件になってもおかしくないが、犯人が馬鹿の杉本君で、どうせキーちゃんの仕業だろうと、何のお咎《とが》めも無く処理された。

中学でこんな事ばかりしていたので、俺とキーちゃんを知っていたヤツは自然と俺の子分になって、高校に入学してすぐワルのグループが出来ていた。それは間もなく三年生の不良の耳に入り、俺たちは校舎の裏手に呼び出された。

「高野ってのはお前か？」

ちょっと太ったヤツが脅しに掛かってきた。

「そうだよ、だったら何だ。文句あんのか！」

一応突っ張ってみた。

「俺らの高校、入ったばっかりのヤツが偉そうにすんなよ！」

「何もしてねえじゃねえか！」

段々喧嘩の方向に進んで行く。

「俺は喧嘩はしない。体育館来い、稽古つけてやる！」

「何の稽古だ、コノヤロー！」

すると安田が怯える。

「高野君止めろ。ヤツ、柔道部のキャプテンだぞ！」

「柔道なんか知らねえよ。稽古つけて貰おうじゃねえか」

引っ込みがつかなくなって俺は体育館に向かった。

安田やグループの新入り、菊池《きくち》も付いてくる。中に入るとバスケットボール部やバレーボール部が狭いフロアを共有して練習していた。その端に畳を何枚か敷いて柔道部が練習していたが、俺たちを見ていかつい柔道部員は畳を空けた。

岡田《おかだ》ってキャプテンは三年生のワルで柔道も強く、裏の番長らしい。岡田が柔道着に着替えていると、部員の一人が「これ着ろ！」と柔道着を投げてよこした。汗の臭いがする汚い道着で、

「洗った事あんのか」と俺はその部員に文句を言う。

「お前もそれみたいにボロボロにされるぞ！」

生意気なヤツだった。岡田の裏に隠れやがって。あ、けど、俺もキーちゃんの裏に隠れてたか。

柔道なんかやった事がなかったが逃げるわけにはいかず、仁王立ちの岡田に組み付いた。その後

は思い出せないほど、投げ飛ばされ、叩きつけられ、最後には道着の襟で頸《けい》動脈をシメられて気絶したらしい。

気が付くと、岡田が俺を見下ろしている。

「てめえがすぐ落ちちゃうから、勝負にならねえ。俺が活入れて戻してやんなかったら、お前死んでるぞ！」

柔道部や他のクラブのヤツらまで俺を笑っている。チキショー。フラフラになって洗面所の鏡で顔を見ると痣《あざ》や擦り傷だらけだった。安田も菊池もいなかった。

家に帰ってちゃぶ台においてある夕飯を食っていると電話が入った。佐々木だった。頼んでいたアルバイト、明日から来てくれという。朝四時集合だ。「宜《よろ》しく」と言って電話を切ったが、顔の傷が気になる。

そのうちお袋がアルバイトから帰って来た。その日は大師《だいし》様の参道の店で草団子を作っていたらしい。土産に団子をいっぱい貰って来たが、俺の顔を見て「お前、もう学校で喧嘩したのかい？　高校行ったら悪い事止めて勉強すると思ってたのに」と驚く。

「喧嘩なんかしてないよ、体育の授業で柔道やったら投げられてこうなっちゃったんだ」

「なんで授業でそんな危ない事させるんだ。明日、母ちゃんが文句言ってくる！」

「いいよ、格好悪いから。明日から俺バイトに行く。朝早いからもう寝るよ」

俺がバイトに行くと言ったので、お袋はちょっとたじろいだみたいだ。子供が働きに行く事は親としては辛《つら》いのかもと、なんだかお袋が可哀想になった。

翌朝、四時前に家を出て佐々木の店に行った。佐々木の親爺がミゼットの荷台に俺と佐々木を乗せて築地《つきじ》へ向かう。

初めての築地は朝早いのに騒がしくて、仲買《なかがい》とか競りのだみ声が響き渡っていた。

「東京の台所だってよ」佐々木がマグロの競りを見ながら呟《つぶや》く。

「いい魚は高級料亭や寿司《すし》屋が仲買を通して持って行くんだ」

「俺らはどうすんの」と俺が訊く。

「競りで売れ残ったヤツ、安く買うんだよ。儲《もう》からねえよ、魚屋なんて！」

「タダ同然か？」

「馬鹿野郎、ガソリン代も掛かってるし朝早いしタダじゃねえよ。お前にだってバイト代払わなきゃいけねえだろう！」

「佐々木、ごめんな。悪かった！」

「いいよ、ところでお前、顔どうした？　喧嘩したのか？」

「柔道やって気絶させられた」

「誰がやったんだよ！」

「柔道部の岡田ってヤツで裏番らしい」

「何が柔道だ」

佐々木は敵討ちに行く気になっている。まずい事になってしまった。もうキーちゃんとつるんでいた中学時代じゃないのに。

「大丈夫だよ、いずれやってやるから！」

そうは言ったものの、自分はもう皆に舐《な》められていると感じた。安田や菊池がどういう態度を取ってくるだろう。生意気な口利いたらナイフで刺すか。なんで岡田を刺さなかったんだろう俺は。

「おい、茂。大丈夫か？」

佐々木の声で我に返った。

「佐々木、それより朝疲れてんだから、学校終わったら俺が店番に行くから」

「そうか、悪いな。店終わったら飲みに行くか？」

「今日は初日だぞ。親爺さん、怒んねえか？」

「怒んねえよ、かえって喜んでる。歳《とし》だし、休めるって」

また荷台に乗って店に帰ってきた。朝飯食ってから店に魚を並べて朝のバイトを終わらせ、学校に向かう。店と学校、家も近いので、朝が早くなければ気楽なもんだ。

学校へ行くと、「岡田に気絶させられた」「弱いくせに不良ぶってる」「小学生にも喧嘩に負ける」なんて、昨日の噂がもう広まっている。クソッ。教室に入ると、安田も菊池も、目を合わせても挨拶もしない。いずれこいつらをやってやろう。

昼休みに体育館の裏手でタバコを吸っていると、岡田が子分を連れてやって来た。

「おい高野、もう友達いないのか。噂が広まったのか。お前、中学の時、悪かったんだって？　あんなに弱いんじゃ、小学生でも虐めてたんじゃねえか？」

「岡田、そのうちやってやるよ！」

「今やれよ。キーちゃんいないと駄目か？」

こいつ、キーちゃん知ってんのか。どうかキーちゃんにはこの件を知られたくない。

「お前一人じゃ何にも出来ねえじゃねえか！」と子分達を連れて岡田が帰ろうとする。

「コノヤロー！」と俺が殴りかかると、振り向きざまに背負い投げで吹っ飛ばされた。そして制服の襟を掴み、「もう一回、落としてやろうか？」と岡田が笑う。

また気絶させられた。後で聞いたらこれで柔道をやっている弱いヤツがよく虐められて癖になるらしい。

埃《ほこり》をはたいて教室に戻ると、皆に知れ渡っているようだった。

授業が終わり、佐々木の店に急ぐ。店に着くと、何と親爺ではなく佐々木が包丁を握って魚を捌いている。

「佐々木、もう包丁使えんの？」

「親爺に怒られながらやってんだ。難しいし、冬は冷てえだろうな」

「出刃包丁とか刺身包丁とか、使いわけなきゃなんないんだろう」

「慣れりゃあ、大丈夫だ」

まな板から目を離し、佐々木がこっちを見た。

「お前、今日もやられたろう、岡田ってヤツに」

俺は何も言わない。

「いつか俺が締めてやるよ。待ってろ。キーちゃんがいたらなあ」

「岡田もキーちゃんがいないと駄目じゃないかって言ってたよ」

「あの野郎。まあいいや、店終わったらビールでも飲みに行こう」

佐々木は再び手際よく魚を捌きだした。客も来始めて俺は応対が大変だった。

久々にビールを飲んだ。色々な事があって、今日は一日疲れた。家に帰る頃には十二時を回っていた。お袋はもう寝ていた。このところヨイトマケの仕事が多い。都心で働いてるヤツらが家を足立区に建てだしたからだろう。明日も四時集合だ。もう寝よう。学校を退《や》めようか、お袋が悲しむから行こうか、俺は寝床で悩んだ。

明くる日、寝坊してしまったが、家の前まで佐々木と親爺が車で迎えに来てくれた。謝ってすぐ荷台に飛び乗った。

「悪い、寝過ぎた！」

「朝、慣れるのにひと月位掛かるよ。大丈夫だ、来なきゃ俺が迎えに来るから」

佐々木は嬉しそうだ。

俺も何か嬉しかった。佐々木のために何かやんなくては、と荷台で欠伸《あくび》をしながら肝に銘じた。

築地は相変わらずで、大体の競りが終わった頃がこっちの出番だ。安く買い叩いて店に持って帰る。佐々木はもう普通に包丁を扱っている。商売というのは凄い。佐々木が一人前の職人に見える。最近包丁を持ったばかりなのに。

朝のバイトが終わり、店で美味《うま》いご飯と味噌汁をご馳走《ちそう》になって、高校へ向かった。

教室に入ると、安田が嘲るように言った。

「高野。お前、佐々木の所で働いてんだって？　だから魚臭《くせ》えのか？」

俺は腹が立った。自分だけではなく佐々木まで舐められた。

「安田！　佐々木によく言っとくよ。魚臭えって！」

安田はちょっとたじろいだが、皆の手前だ、意地を張った。

「おお、佐々木に言っといてくれ。高校ぐらい行けって。魚偏の漢字しか読めねえままだぞってよ」

「よく言っとくよ、安《あん》さん！」

「何だとコノ！　舐めんなよ、昼、体育館の裏来い。話つけようじゃねえか！」

安田はやけに強気だ。もしかして岡田の子分になったのか？

昼になり、予想は的中した。体育館の裏には安田と岡田がいた。

「安田、岡田の子分になったのか？」

「お前みたいに弱いヤツなんかと付き合っていけねえよ。すぐ寝ちゃうし」

「馬鹿野郎、俺が落としたんだよ！」

岡田が薄笑いを浮かべ、「また寝るか、赤ちゃん？」と言う。

悔しかったがナイフも持って来てないし、木刀やバットもない。ただ黙っていると、

「岡田ってのはお前か？　安さん、久し振りだなあ！」

声の主は佐々木だった。俺が心配で、堪《たま》らず学校まで来たらしい。

「何だよ、魚臭えんだよ！　なあ、安さん」

「兄貴、やめてよ！」

佐々木が「うるせえんだよ、コノヤロー！　今度キーちゃんに会ったらよーく言っとくからな」と吐き出す。

岡田が苛《いら》ついたように「お前、魚屋の佐々木だろ？　中学の時、高野と威張ってたらしいな」などと凄む。

「そんな事どうでもいいよ。お前、柔道やってんだって？　俺とやってみろ」

佐々木が岡田に摑みかかった。しかし見事に岡田に背負い投げを喰らって地面に叩きつけられた。

笑って佐々木を見下ろす岡田の顔色が変わった。佐々木が懐から新聞紙に包まれた出刃包丁をゆっくり出した。

「てめえ、殺すぞ！」

岡田と安田は佐々木の迫力に圧倒された。それでも岡田は一言返そうとする。

「何だそれ、商売道具じゃねえか。俺たちは魚じゃねえぞ。刺身にするつもりかよ、一心太《いっしんた》助《すけ》！」

その言葉が終わる前に佐々木が突っ込んだ。出刃が岡田の腹にめり込む。それを見た安田が全力で逃げる。岡田は腹を押さえ、「救急車、救急車」と叫んでいる。

佐々木は放心状態だ。俺も声を掛けられない。

やがて救急車が来て岡田が運ばれ、気づくと俺と佐々木は警察の取り調べを受けていた。

時間の感覚がすっぽり抜け落ちていた。夢なのか？

結局、岡田は全治一ヶ月の重傷、佐々木は練鑑から少年院に送られ、俺は停学三ヶ月。しかしこの事件で俺はまた番長として復帰し、安田と菊池は何事もなかったみたいに子分に戻った。俺は佐々木の親爺と築地に毎朝行って、佐々木の代わりに店を切り盛りした。包丁も上手《うま》く使えるようになったし、魚の種類も覚えた。

そして高校三年の秋、佐々木が少年院から帰って来た。俺は校内では怖い物なしになっていたが、その間、癌で闘病中の親爺が死に、お袋も大分弱ってきて、生活費の大半は佐々木の店で俺が稼いだ。

佐々木も保護観察中の身だったが、中学の頃、俺と一緒に近くの高校へ遊びに行ったように、俺の高校に来て練習中の野球部にバットを借りて打ったり、投げたり、好きにやっていた。ある日また俺が野球部の邪魔をしていると、バックネットの後ろから「茂！」と聞き慣れない声が聞こえた。振り返ると、ヤクザ風の男三人とキャバレーの女みたいな派手な格好の女が見える。

バットを投げ捨てて近づくと、そこには頭を流行のテレビカットにしたキーちゃんがいた。

「久し振りだな、茂。ここの番長やってんのか？　おい挨拶しろ、高野さんだ」

言われた三人は「赤木《あかぎ》です」「吉田《よしだ》です」「純《じゅん》です」と、関西あたりのトリオ漫才のようにテンポ良く名乗った。

「純は俺たちと一つ違いだ。実際は十違いだけど」と、キーちゃんが笑いながら言うと、彼女なのか、キーちゃんに寄り添った純という女が応じた。

「五つ位しか違わないわよ。今、十七位でしょ？」

他の二人も子分らしくキーちゃんのタバコに火をつけたり灰皿を出したりしているが、どう見てもキーちゃんより年上だろう。

「もう終わるんだろ、学校。この女の店行こう」

「キーちゃん、俺、今、佐々木の店手伝ってんだ、だから夜までバイトしないと」

「そうか、じゃあ佐々木も一緒に連れて来い。おい名刺やれ」

キーちゃんは女の肩を抱いて車に向かう。子分が追っかけて行く。車は外車だった。ヤクザで出世したんだと、俺は思った。

すぐ佐々木の店に行ってその話をしたら、佐々木は保護観察中でそんな店には行けないと言うので、やむを得ず一人で行くことにした。

北千住の路地裏にある「純」という店だ。店に井沢八郎《いざわはちろう》の歌声が流れていた。「就職列車にゆられて着いた　遠いあの夜を　思い出す」なんて暗い歌詞でやりきれない。純さんの他に、似たような女が三人いた。キーちゃんに佐々木が来られない理由を伝えると、笑いながら言う。

「佐々木も真面目になったたな。保護観察なんて関係ないよ。でしゃばりの金持ちどもが昔、人騙したお詫《わ》びのつもりでやってんだ。罪滅ぼしの手伝いなんかしてどうすんだ。もう一回、佐々木のところ行って連れて来い」

　昔から言い出すときかないので「はい！」と答えて外に出た。ひとまず電話してみたが、もう寝ているのか出ない。よく考えたら俺も同じ仕事をしているので眠たいはずだが、久々にキーちゃんに会って興奮しているのか、眠気なんか吹っ飛んでいた。

　店に戻って、誰も電話に出なかった事を告げると、「朝早いから大変だろう。寝てるんじゃねえか？」なんて言う。昔じゃ考えられない、優しいキーちゃんになっていた。

　暫く飲んだ後、いきなりキーちゃんが「茂、お前女とやった事あるか？」と訊いてくる。あまりに突然で戸惑ってしまい、「週刊誌の写真で何回か！」と馬鹿な事を言って大笑いされた。

「じゃあ、今日は茂の童貞を捨てる記念日だ。純、頼むぞ！」

　キーちゃんは本気だった。俺は期待半分、怖さ半分でどうすればいいか分からず、急に逃げ出したくなった。

「キーちゃん！　俺、明日も早いから帰ります」

　俺の気持ちを察してくれたようで、キーちゃんは「いいから、茂。俺に任せておけ、なあ純！」と帰してくれない。あまり逆らうと怒り出しそうなので、言う事を聞いた。

タクシーに乗って、キーちゃん、純さん、俺の三人で南千住の安ホテルに向かった。フロントでキーちゃんが「三人で部屋を借りる！」と言い出したので、少し安心したが、こういう連れ込みホテルみたいな所は普通二人だろう。嫌な予感がした。

部屋に入ると、キーちゃんは酒の飲み過ぎでベロンベロンになって俺の事を忘れてしまい、「おい純、早く脱げ！」と言いながら自分も脱ぎだした。

ズボンを下ろした格好で、いきなり俺と目が合った。

「何だ、お前いたのか？」

自分が連れて来たのを忘れている。しかし、すぐ思い出した。

「いけねえ、お前の童貞を捨てるために入ったんだったな。何やってんだ純、早く風呂場で洗ってやれ！」

「私はトルコ嬢じゃないよ！」

「同じようなもんだ、馬鹿野郎！　早くやれ」

キーちゃんはよろよろ風呂場に入り、浴漕にお湯を入れている。

「おい、お前らこっち へ来い！」

シャワーで頭を洗いながら大声で怒鳴る。

「はい、はい、分かったわよ！」と、純さんが俺の手を引いて風呂場に行く。

「何だ茂、服脱げよ。着たままでやんのか？　乞食のコーマンだよ、馬鹿野郎！　純、お前もだ。なんで俺だけパンツ一丁なんだ、俺は三助《さんすけ》か？」

　言われるままに、二人とも服を脱いだ。すると満足げにキーちゃんが「何だよ茂、お前、皮かぶってんじゃねえか！　おい純、まずヤツのチンポ洗ってやれ！」と言い出す。

「いやよ、ホウケイなんか。臭そう！」

「馬鹿野郎、何言ってんだ！　ホウケイだって洗えば綺麗《きれい》になる。臭さもさ、お前の安い香水に比べりゃ……」

「分かったわよ！」

　純さんが手に石鹸《せっけん》を泡立てて、俺の股間に手を伸ばした。経験したことのない女の手の感触が、電気のように尾てい骨から延髄に走った。

　純さんが「あれ、この子もう出ちゃった！」なんて叫ぶ。

　チンポを触られたとたん快感が一気に爆発。大量の精液を発射してしまった。

「茂、何やってんだ。女の中に出さなきゃ童貞から卒業出来ねえぞ！」

　キーちゃんが真剣に文句を言ってくる。

「純、もう一回やれ、今度は口だ」

「ええ！　口でヤルの？」

「お前、いつも俺にやってくれるじゃねえか」

純さんが面倒そうに俺のチンポを咥える。

「どうだ、茂。気持ちいいか？　何だよ、勃《た》ってねえじゃねえか！　純！　ちゃんとやってやれよ！」

純さんが顔を上げる。

「やってるわよ。今出たばかりだから溜まるのに時間掛かるのよ！」

「てめえが下手だから勃たねえんだ。どけ、俺がやってやる！」

怒ったキーちゃんが純さんと代わろうとする。

焦った俺は「キーちゃんもういいよ。気持ちよかった」と逃げる。

「馬鹿野郎、ちゃんと女の中に出さなきゃ駄目だ。どうだ、気持ちよくなったか？」

酔ったキーちゃんが俺のチンポを咥えている。地獄絵図だ。

「キーちゃん止めてくれよ。もう十分だから」

俺は泣きながら拒んだ。するとキーちゃんが、「てめえが下手だからこんな事になるんだ！」

と純さんを殴りはじめる。

「何であんたの友達のチンポ咥えなきゃいけないの！」

「うるせえ、子分のチンポだ！」

チンポの応酬だった。純さんが大きな声で泣き出し、他の部屋の客からクレームがあったのか、

「大丈夫ですか?」とフロントの男が部屋に入ってくる。

「てめえ大きなお世話だ。勝手に入って来やがって。空き巣か?」

今度は従業員を殴りつける。結局、部屋のビールを飲んで部屋代まで踏み倒して、三人がホテルを出た頃にはもう朝四時になっていた。

キーちゃんが乗せてくれたタクシーで、急いで佐々木の店に向かった。幸い道が空いていたので大した遅刻にはならなかった。店の前で佐々木親子が俺を待っていた。謝って、車の荷台に乗り、昨夜はキーちゃんと飲んでその後が大変だったと話すと、佐々木は驚く。

「どうだったキーちゃん? ヤクザになったんだろう? でも、前と変わってねえだろ」

「うん。俺が童貞だと知ったら、南千住のホテル連れて行かれて、自分の彼女とやれって言うんだぜ」

「それで、お前やったのか?」

「舐められただけだよ、その前に手で触られたとたん出ちゃった」

「かっこ悪いな、お前。キーちゃん笑ってたろ?」

「笑ってるどころじゃねえよ。女が下手だから今度は自分がやるって、俺のチンポ舐めようとしたんだ」

佐々木は車の荷台を叩きながら大笑いした。

車が急に停まり、運転していた佐々木の親爺が「どうした、何かあったか？」と勘違いして降りてきた。

「何でもないよ！」

笑いが止まらない佐々木が苦しそうに答えると、親爺は「また俺の悪口だろう」と俺たちを睨みながら運転席に戻った。

「じゃあお前、まだ童貞なんだ？」佐々木が尋ねる。

「お前はやった事あんのか？」

俺が訊くと「中三の時に捨てたよ」と偉そうだ。

「中三の時もうやってたのか。相手はどんな女、トルコ？」

「そんな所行かねえよ、村木道子《むらきみちこ》っていただろう」

まさかと思ったが「花畑《はなはた》の？」と訊くと「ああ、椿万里《つばきまり》ともやった」なんて答えてきた。悔しかった。椿万里はブスだったので気にならないが、村木は皆のアイドルだった。

「お前本当かよ。村木とは今もか？」

「ああ、たまに店に来るよ。魚買いに来るついでに俺の部屋で」

聞いているうちに股間が痛くなってきた。今度はちゃんとやろう。

「キーちゃんが現われたら、俺たちも毎晩付き合わなきゃ駄目だな。疲れるな。夜寝られねえぞ」佐々木は心配げだ。

そんな話をしているうちに築地に着いた。いつものように魚を仕入れ、帰りの車の荷台で話の続きが始まった。

「顔が良くても、アレは良くないとか言うだろ。村木はどうだった？」

「村木のアレはあまり良くねえな。他にいねえから付き合ってるけど、アレだったら椿のほうが上手《うま》い。お前は童貞だから分かんねえだろうけど、そのうち分かるようになるよ」

俺は女とやりたくてしょうがなくなった。今度キーちゃんに誘われたら、トルコでも何でもいいから童貞を捨てなきゃ。

「椿は結構遊んでいたからな。あいつ、病気治したかな？」

「病気って何だよ」

「淋病《りんびょう》！　俺も伝染《うつ》されてチンポから黄色い膿《うみ》が出てきたから、医者にペニシリン打って貰ったんだ」

なんだよそれ。急に気分が萎えてしまった。

バイトが終わって高校に行ったが、佐々木の話が頭に残ってしまい、クラスの女を見る目が変わってしまっていた。昔は村木が好きだったが、佐々木と付き合っていたと聞いたらもう懐かしさも魅力も感じなくなっていた。椿は誰にでもやらせる汚い女だったんだ。

安田と菊池を呼んで校舎の裏でタバコを吸いながら「お前ら、女とやった事あるか?」と訊いてみると、二人ともありますと当たり前のように答えるので、何も言わず教室に戻った。

授業が終わり、佐々木の店に行くと、キーちゃんの子分の赤木さんがメモを渡しに来ていた。メモには北千住の焼き鳥屋の名前と電話番号が書いてあった。

「キーちゃんの子分が一時間前からお前を待ってて、今日は俺も来いって」

「じゃあ、仕事終わってから行こうか」

「お前、寝てねえんじゃねえか?　大丈夫か?　まさかキーちゃんからヒロポン貰ってねえだろうな?」

「そんな物貰わねえよ。覚醒剤だろ!」

佐々木がため息をついて「これからはキーちゃんと付き合うのもたまには断らないとな」とボヤいた。

バイトが終わり、五反野から北千住の焼き鳥屋に向かった。

東武線の電車の中で佐々木が「親爺が肺癌らしいんだ。実は前から言われてんだが、親爺が魚屋の店売ろうって」と呟く。

「売ってどうすんの?」

「その金で親爺は病院に入って、俺にもいくらか残るから、その金で何かやれって」

「何やんの？」

「魚屋はもうやめろって。儲かんねえし、近所にスーパーも出来るらしいから、近くの店皆潰れるって！」

「じゃあ、どっか勤めんのか？」

自分のバイトもなくなると焦った俺は訊いた。

「俺、中学しか出てねえんだぞ。どこも雇ってくんねえよ。ニコヨンしかねえな！」

佐々木は笑わせようとしたのだろうが、俺も似たようなものなので笑えなかった。

北千住の西口を出て、キーちゃんに指定された焼き鳥屋に向かった。西新井《にしあらい》の映画館でかかってる映画のポスターがやけに目についた。『００７　危機一発』ってやつだ。危機一髪って書くんじゃなかったっけ。ぼんやり考えていると店の前だった。

最近出来たように見えるが、暖簾《のれん》が結構汚れているので昔からあるんだろう。佐々木に聞くと、東口にあった店が引っ越して来たんだそうだ。店の前でキーちゃんの子分の赤木さんと吉田さんが待っていて、姿を確認すると「お疲れ様です！」と礼儀正しく先導した。

店のガラス戸を開け、「兄貴、お連れしました！」と案内された個室には、純さんとキーちゃんがいて、もう結構な量を飲んでいた。

キーちゃんは真っ赤な顔で「お前らを待ってるうちにいっぱい飲んで食っちまった！」と、隅に積んだ座布団に足を投げ出している。もう眠そうだった。俺らと同じでキーちゃんも朝から夜遅くまで何かやってんだろうと思った。

ビールと焼き鳥を頼んで飲み食いしながら、佐々木が話し出す。

「うちの親爺が身体を悪くして、魚屋やめるらしいんです」

キーちゃんは急に相談されたのだと勘違いしたようだ。

「店やめるのか。茂もバイト出来なくなるし、二人ともこれからどうすんだ？　カタギじゃあ、まともな金貰えねえだろう。うちの組入るか？　兄貴に言ってやるから盃《さかずき》貰うか？」

キーちゃんの兄貴は、上野から浅草、千住をシマとしている美善一家というテキヤ系のヤクザで、吉岡組の組長だ。

「キーちゃん、もうちょっと待って下さい。よく考えてから返事します」

佐々木がかしこまって返事をする。

「カタギの方がいいに決まってるよなあ？」と、キーちゃんは傍《はた》でお酌している子分達に話しかける。

「はい、そう思います」と答える赤木さん。

「何、コノヤロー。てめえら、俺の子分じゃ不足なのか？　誰がてめえ達みたいなボンクラ飼ってやってると思ってんだ！」

「すいません、兄貴のお陰で暮らせてます。有難《ありがと》う御座います！」

「嘘つけ、てめえらなんか文句あんだろう。言ってみろ、金か、女か？」

子分は直立して「何もありません、有難う御座います」と答える。

俺と佐々木は、こんなんじゃあ耐えられそうもないし、今は普通に付き合っているが、もしヤクザの子分になるとなったら、同じ子分でもそれは学生の頃とは訳が違う。

純さんが「この後、うちの店来てね。今日は私のおごりだから」と、キーちゃんや子分達に気を遣ってくれている。気のいい女の人だ。

やがて純さんの店に場を移したが、皆押し黙って、暗い雰囲気は変えられなかった。キーちゃんも少し反省したのか、場を盛り上げようとする。

「昔な、うちの会長が子分の家に招待されて行ったら、玄関で飼い犬に吠《ほ》えられたんだ。会長は、お前ん所の犬、教育がたりねえなと怒った。会長が帰るときに犬が吠えねえから不思議に思ってたら、犬の指、詰めてあったたって！」

アハハとキーちゃんが笑う。子分も義理で笑っている。かえって雰囲気が悪くなった。

その後、がぶ飲みしたキーちゃんは、子分達に抱えられて純さんのマンションに帰っていった。

タクシーの中で佐々木と将来について話したが、まだ社会の事を何も知らない二人に具体的な話は出来なかった。

俺はやっと家に帰った。いつも疲れて寝ているお袋が起きていて、俺の帰りを待っていた。怒られるなと思った。お袋は毎日俺が酒を飲んでいる事や、キーちゃんとまた付き合いだした事などを挙げて、大学に行くために勉強をしてくれ、バイトもしなくていいようにするからと、泣きながら諭してきた。

「母ちゃん、俺、学校は無理だよ。皆について行けないし、生徒を進学組と就職組に分けて教えてるから、俺たちが帰る頃には進学組は受験の特訓をしてる。少しでもいい大学に入れて、学校の名前売りたいんだろう。汚《きたね》えヤツらだ！」

「じゃあ、お前も進学組に入れて貰えばいいじゃないの」

「今までの成績で決めてるから無理だよ」

「じゃあどうすんの？」

「俺、働くよ、頑張れば学校行ってなくったって出世できる。生活費送るから！」

お袋は「生活費送るって、お前、この家出て行くのかい？」と、オロオロしている。

「しょうがないじゃないか。住み込みの仕事やるかも知れないし、田舎のほうへ行かされるかも知れないし」

お袋の泣き声が大きくなった。本当に馬鹿で親不孝な息子だと俺は思った。

翌朝早く、佐々木の店に行った。佐々木は待っていたが、親爺の姿がない。

「親爺さんは？」

「昨日夜中に具合が悪くなって、千住労災病院に連れてった」

「救急車呼んだのか？」

「俺がミゼットで送ったんだよ！」

「これ運転して？　免許持ってねえのに」

「こんな、オモチャみたいな三輪車、一回教われば、すぐ覚えるよ」

「じゃあ、今日の仕入れはどうすんだ！」

「俺が運転する、お前は荷台に乗ってろ」

「無免許だろ、捕まったらまた練鑑だぞ」

「馬鹿野郎、すぐ少年院だ。でも、まさか築地に魚屋が無免許で運転してくるなんて警察も思わねえだろう」

言い争っていてもしょうがないので、二人で築地に向かった。俺が昨日お袋に泣かれた話や、佐々木の親爺がもう長くないこと、暗い話題ばかりだ。

俺は荷台から身を乗り出して運転席の佐々木に話しかけていた。佐々木も窓から顔を出してそれに応じる。ふと前の信号が赤に変わったのに気づく。すると、急に現われた自転車を、佐々木がはね飛ばした。

「バンッ」というトタン屋根に大きな石をぶつけたような音がして、佐々木は慌ててブレーキを踏んだが、自転車と男が交差点の中央に倒れていた。俺も急ブレーキで荷台から投げ出された。頭を強く打ったようで、気が付くと千住新橋の近くにある救急病院だった。

意識が戻っても、何が起こったのかわからない。「高野さん！　お母さんが来ましたよ」と看護婦さんが入って来た。後ろには、泣いているのか母親が俯《うつむ》いて立っている。

「母ちゃん、大丈夫だよ、すぐ出るから」

「何言ってんだい！　先生がお前、頭打ってまだどうなってるかわかんないって、暫く検査するって言ってた。どうして、あんな馬鹿な事したの？」

それを聞いて思い出した。佐々木の運転で自転車にぶつかったんだ。でも何で俺が頭を打ったんだろう。段々思い出してきた。急ブレーキだ、それで吹っ飛んだ。慣性の法則だな。俺は何を言ってんだ。

気が付くとお袋はいなかった。夕方まで何人かの医者が来て俺に話しかけ、様子を見た後、警官がやって来た。事故の話を聞きたいと言うので、佐々木と築地に行く途中、交差点で飛び出してきた自転車にぶつかり、俺は荷台から落ちた、それしか覚えてない、佐々木が無免許だって事も知らないと嘘をついた。

最終的に佐々木は無免許運転と人身事故などの罪で二度目の少年院行き、俺は退学になった。お袋には合わせる顔がなく、結局、キーちゃんの世話になることになってしまった。

3

キーちゃんには、まず純さんの店を手伝いながら機会をみて兄貴の吉岡稔侍《ねんじ》、吉岡親分に盃を貰えと言われた。

佐々木の親爺が心配になって、入院先の千住労災病院に行ってみたが、もう退院したらしく病院にはいなかった。

ところが店に行ってみると、開いていない。中を覗《のぞ》いていると、「おう、茂」と力のない声を掛けられた。振り向くと痩せこけた佐々木の親爺が、股引《ももひき》とドテラで立っていた。

「どうもすいませんでした！」

俺は謝った。それしかできない。

けれど、親爺は叱りもしなかった。

「いや、ヤツが悪いんだ。無免許で車運転なんかしやがって。もとは俺が店を休んだのが発端だけど、悪かったな」

「いいえ、とんでもない。親爺さん身体どうですか？」

「ああ、もう末期の癌であと何ヶ月もつかだって。こうなると麻薬打っていいんだってな。痛み止めだってよ」

二人で話しているとそこに風体の悪そうなのが来た。

「どうも、佐々木さん。ミヤコ開発の山本《やまもと》です。前に何度か伺っているんですが、このところ電話にも出られないもんで、直接伺いました」

「ああ、うちは倅《せがれ》に任してあるんで、俺は決められねえよ！」

「でも、名義は親爺さんですから。息子さんと交渉したくても、今いないでしょう? 時間がないんですよ。豆腐屋さんとか八百屋さんにはわかって貰ったんですが」

「とにかく、売るときは倅に相談して決めるよ！」

「失礼ですが、息子さんいつ出て来るんですか？」

「真面目にやれば二、三年で出てくんだろう。知らねえけどよ！」

「それじゃあこっちが参っちゃうんですよ、工事に掛かれないし」

するといつの間にか、男の後ろにヤクザ風の男が立っていて口を出してきた。

「お前の所がいつまでもごねてるから、街の開発、遅れてんだよ。粘ったって決められた金しか出ねえぞ。結構いい値段で買おうって言ってるじゃねえか、ミヤコ開発さんが！」

「だからちょっと待ってくれって言ってんだろう！」

さすが佐々木の親爺はヤクザなんて怖がってない。

「いつまでもごねてると、知らねえうちに殺されるぞ！」

「馬鹿野郎、殺してみろ。俺は黙ってても二、三ヶ月で死ぬんだよ。末期癌だ！」

「だったら、早く売っちゃえよ。生きてるうちに金使っちゃえばいいじゃねえか、どうせ癌なら！」

「うるせえ。もう絶対お前らなんかに売らねえよ。この茂にやるわ。茂、お前にこの店やるから、ここに住め！」

話が変な方向に行っている。思い切って「どちらの組の方ですか？」と俺が訊くと、相手は名刺を出した。名刺には「美善一家江藤《えとう》組　若頭　嶋野剣一《しまのけんいち》」と書いてあった。

「おい、今度からこの茂と交渉してくれ！」

親爺は店の奥に入っていった。

「じゃあ、あんたの連絡先教えてくれませんか？」

黙っていると、「早く教えろ、このガキ！」とヤクザが怒鳴る。

「美善一家だったら、吉岡組の吉岡菊二、知ってます？」

俺が訊くと、驚いたように「菊二だろ？　組長の弟じゃねえか」と言う。

キーちゃんとの関係を説明してもあまり効き目がなかったが、同じ系列で揉《も》め事になるのを嫌がってるようだった。

「じゃあ、今日の所はこれで帰るけど、追って連絡するわ、高野だっけ？」

「そうだよ！」俺はもういっぱしのヤクザみたいだった。

それから純さんの店に行って、俺は黙って掃除を始めた。

ここはバックにヤクザが付いているので、あまり揉め事はない。一番いやなのは素人の酔っ払いだ。何も知らないから、いつ喧嘩になるかとハラハラする。

開店の準備を終えて店のソファーに座っていると、キーちゃんがやって来て不意に「茂、さっき佐々木の親爺に会ってきたって？」と訊いてきた。ミヤコ開発と江藤組の嶋野の事がすでに伝わっているようだ。

「はい、ミヤコ開発の山本ってヤツと江藤組の嶋野ってヤクザが来て、店を売れって」

「で、佐々木の親爺がお前に店の権利譲るって？」

もうすべて耳に入ってるわけか。

「はい、困っちゃって」

「困ることねえじゃねえか。早く店貰って、高く売っちゃえばいいんだよ」

「でも、佐々木が少年院に入ってるし」

「佐々木は俺が出してやる。町会長の林《はやし》が、民生委員とかやってて色々世話焼きだから、上手いこと言ってな。佐々木の親爺、癌だろう。死に目に会わしてやってくれとか、そもそも親の仕事を手伝ってる最中の事故だったとかな。兄貴の弁護士が言ってたぞ、情状酌量してくれるって。ヤツ、何でそう言わなかったんだろう？」

「佐々木がすぐ出て来りゃいいんですが」

「だから、すぐ出してやるよ俺が」

キーちゃん、一枚嚙《か》もうとしてるな。

「明日、佐々木の親爺に会いに行こう。土地や何かに詳しいヤツ連れて行くから！　今日はもう店はいいから。飲みに行こう！」

「じゃあ、うちで飲んでよ」純さんが声を掛けてきた。

「こんなブスばっかりの店つまんねえよ！」

キーちゃんは子分達を連れて出て行った。俺も急いで後に付いた。

久々にニューブリッジに行った。座ってビールを飲んでいると、奥にミヤコ開発の山本と江藤組の嶋野がいた。気づいたキーちゃんが「おい、お前ら飲んでろ」と言って奥の席に向かった。

様子をうかがっていると、時々笑顔が見える。揉めてないようで安心したが、戻って来たキーちゃんが毒づいた。

「あのヤロー、俺と組んで安く済まそうとしてやがる。そうはいくか！」

夜、純さんの店のソファーで横になりながら、俺は佐々木の親爺や店、お袋の事が、風呂の栓を抜いたように渦になって頭の中を駆け回っているのを感じていた。

どうしよう。キーちゃんと一緒に佐々木の親爺の店貰いに行くのか？　佐々木に何て言おう。あるいはキーちゃんに全部任せて、佐々木と親爺に金だけ渡せばいいか。

翌日昼過ぎに起こされ、キーちゃんと佐々木の店に向かう。

店の前に男が待っている。キーちゃんが男を値踏みしながら「茂、ヤツが、ええと何だっけ？」と頭を掻《か》いて訊いてくる。

「宅地建物取引主任者の佐藤《さとう》です！」先に男が名乗った。

「長《なげ》え肩書きだなあ、オメエ！」

「すいません」

「いいよ。佐々木の親爺いるか？　おい！」

「佐々木さん！　佐々木さんいますか？」と佐藤も声を掛けるが返事がない。

「死んでるんじゃねえのか？」キーちゃんが酷《ひど》い事を言う。

でも、その通りだった。昨日の夜、容態が急変したらしい。佐々木の親爺は簡単に死んでしまった。

ほどなくして町会長や弁護士の力で佐々木は少年院から出て来た。

キーちゃんが慰労会だと言って、焼き鳥屋と純さんの店、最後は浅草のトルコまで連れて行ってくれた。恥ずかしながら俺が童貞を捨てたのは、その浅草のトルコだ。

佐々木は葬儀の時から意外に冷静で、店の件もキーちゃんと佐藤という不動産屋に任せて、俺と一緒にキーちゃんの兄貴、吉岡稔侍親分の盃を貰った。

数日後、キーちゃんが佐々木に五百万、俺に二十万ほど寄こして、これで終わりだと淡々と言った。佐々木はありがたがってお金を押し頂いたが、江藤のとこの嶋野とかミヤコ開発とどう話をつけたんだろうと俺は思った。

キーちゃんが急に佐々木に話しかける。

「おい、佐々木。店売った金だが、兄貴がうるせえんで三百万持って行った。それを兄貴が美善の親分に持って行くんだ。ヤクザは大変だ、金作れねえと、どうにもならねえ。お前らもそろそろ金稼げよ。俺には毎月二万ずつくれ。俺は親分に十万持って行かなきゃ、偉くなれねえ。今度兄貴が美善一家の幹部になるんで、また金が必要になる。茂はまだ高校のヤツらと付き合ってるか？」

「たまに会います」

「じゃあ、そいつら使って、金作んなきゃな！」

何をしていいか俺にはわからなかったが、キーちゃんはそういう所には鼻が利く。

「よく千社札みたいなステッカーってのあるだろ。ソレにかっこいいロゴとかつけて高校で売らせろ。つけてねえオートバイは脅かして、買わせんだよ」

「何て書いたらいいですかね、キーちゃん？」

「キーちゃんじゃねえ。兄貴だろ、コノヤロー」

俺はもう引き返せないと感じた。

俺はヤクザの子分だ。しくじったら指詰めたり、女をトルコで働かせたり。たまんねえ。あるとき赤木さんの手を見たら、小指の先がなかった。

ステッカーの文字は「サンダーロード」とか「はぐれ狼」、素直に「特攻隊」に、「ダークエンジェル」。これらのステッカーをワンセット百円で安田や菊池を使って売らせた。

これを機に俺と佐々木は、吉岡組のアパートで競馬や競輪のノミ、シマウチのおしぼり、ツマミなど、色々覚えさせられた。

ある日、事務所にいると、キーちゃんと純さんが変な髪型で変な服を着て入って来た。

「兄貴、何ですか、その格好？」

俺は訊いてみた。

「今この格好が流行なんだよ」

最近の若者に人気のＩＶＹ《アイビー》ファッションって言うらしい。ズボンの丈が短く、立っていると白い靴下が目立つ。シャツにはカラーの先にボタンが付いていて、ボタンダウンと言うらしい。キーちゃんはこれまでいつもオールバック風のリーゼントで、前髪をちょっと下ろしていた。ジェームズ・ディーンとかプレスリーが好きだったのに、今は刈り上げてケネディ前大統領みたいにして、服はＶＡＮ《ヴァン》ってブランドに凝っているようだ。

「お前ら、今日からＩＶＹに服変えろ。こういうの着て銀座を歩いて、田舎者から金を巻き上げろ」

赤木と吉田の兄貴がポカンとしている。

「アイビーってアメリカの頭のいい大学の事ですよね。ハーバードとか、コロンビアとか？」

佐々木がキーちゃんへ真面目に訊く。

「知らねえよ。『平凡パンチ』って週刊誌に流行《はや》ってるって書いてあったんだ。いいか、石津謙《いしづけん》介《すけ》ってヤツが大儲けしてるらしい。同じ格好した若いヤツらが皆銀座とかでＶＡＮの紙袋持って前のめりで歩いてるんだ。俺は純を使って美人局《つつもたせ》、お前らは紙袋作って銀座や浅草で売れ」

短いズボン、紐《ひも》のない靴、そして紙袋を抱えたキーちゃんが俺たちに指図する。でも、見かけは山の手のお坊ちゃまだからヤクザの迫力がない。ヤクザは慎太郎《しんたろう》刈りじゃないと駄目だと俺は思った。

　キーちゃんが銀座に純さんと行くというので、佐々木と見に行った。キーちゃんの言うとおり、若い男女が皆、ＩＶＹファッションで紙袋を持って通りを行ったり来たりしている。

　遠目に眺めていると、純さんに話しかける男がいた。やがて二人で喫茶店に入ったところを、キーちゃんが追った。どうなるのか見守っていると、暫くして男とキーちゃんが出て来た。いきなりキーちゃんが頭突きをかます。仰向けに男が倒れ、それでおしまい。キーちゃんはそれから金をたかるつもりだったらしいんだけど、相手がひ弱で気絶してしまった。すぐに人だかりが出来て、パトカーのサイレンも聞こえてきた。

　キーちゃんは逃げた。俺たちの前を通り過ぎる時、「ニューブリッジだっ！」と言い残して純さんと有楽町の方に走り去った。俺たちも電車を乗り継いで北千住に戻る。

　ニューブリッジに着くと、ビールを飲みながらキーちゃんが荒れていた。

「お前、早くホテルに誘えよ！　部屋の中ならまだしも、あんな人通りの多いとこでどうやって恐喝すんだ！」

「あたし、銀座なんて知らないもの。連れ込みホテル、どこにあんのよ！」

「何だコノヤロー。てめえなんかホテルって顔じゃねえよ！　日比谷公園の隅っこでも行って、チンポ咥えてろ！」

「もういやよ。こんな格好させられて、何がＩＶＹよ。皆、田舎者じゃない！」

「それを言うなら俺たちが田舎者だろ！　北千住だぞ」

「すいません、遅れました」

佐々木と俺は様子を見て声を掛ける。

「見たか、お前ら？　銀座に人がわんさかいるだろう。騙せば金になるぞ。先ず紙袋作れ。ＶＡＮだと捕まったらやばいから、ロゴはＶＵＮでどうだ？　Ｕを赤にして、茶色い袋作れば儲かる。一度ＶＡＮで何か買って、袋貰って研究しろ！」

「はい、明日買って来ます」

「そんな事ばかりやって、儲けたことあんの？　今まで偽物作って散々失敗してきてんのに」純さんがボヤく。

「万年筆のポーカーは売れたろう。ロータックスだって」

「全然駄目だったじゃない。偽物作る方が高くついちゃうんだもの」

「じゃあ、お前、ボタンダウンのシャツはどうだ？　普通のシャツ買って来てボタンつければいいだろ。シャツの胸にＶＵＮってロゴ入れてよ！」

「それより、他の店のおしぼりとかツマミ、ボディーガードでヤクザらしくやってよ、真面目に！」

「お前、真面目なヤクザなんてどこにいるんだ？」

「任侠《にんきょう》道ってあるんでしょう。それに憧れてたのに何よ、インチキばっかりして」

「ヤクザ映画の観すぎなんだよ！」

「吉田さんなんか、指二回も詰めてんじゃない。ちゃんと謝って」

「お前、ちゃんとした指詰め知ってんのか？」

「お詫びに指詰めて親分に持って行くんでしょう？」

「そうじゃねえんだ。まずなんでエンコ詰めって言うかだよ」

キーちゃん得意の雑学講義が始まった。たまに嘘が入っていることもあるが。

「エンコは猿に公園の公と書く。猿公ってのは勿論《もちろん》、猿だ。いつも木の上で生活している猿にとっては手の小指が一番大事なんだ。それを詰めて詫びるから相手も納得するんだ」

「じゃあ、吉田さんは猿？」

俺たちは笑いを堪えるのが大変だった。

「お前な、吉田は指詰めてから親分に持って行ったろ」

「偉いじゃない」

「それが駄目なんだよ。本当は親分の目の前で指詰めて許して貰った後、親分からこれで治療してこいって金を受け取って終わりだ。最近は先に外科の医者に綺麗に詰めて貰った指を持ってくるから駄目だ」

「親分が見てる前で指詰めるの？　痛そう。麻酔無しで？」

「当たり前だ。昔、清野《きよの》ってヤクザがいてな、ヤツはすぐ指詰めちゃうんだ。小指と薬指で合計四回詰めた。会長が小遣いすぐくれるから、金に困ると本家に行って、詫びを入れさせてくれと言って指詰める。するとこれで治療して貰えって金をくれる。これが噂になって幹部連中が怒ってた。そこにまた清野が現われて、シマウチでしくじったから会長の前でエンコ詰めると言う。幹部たちは清野の前に錆《さ》びた出刃包丁を置いて、これで詰めろと言った。ところが錆びた刃じゃなかなか切れないんだ。覚醒剤打ってる清野でも激痛だったみてえだな。骨を擦る音がカリカリ鳴って、泣きながら擦ってたらしい」

そこへ吉田さんが不意に入ってきた。本人の顔を見て、黙った皆が飲み物をテーブルに置いた。

「吉田さん、もう指詰めんのやめな！」

「はい、姉さんすいません」

「吉田、今時お前の指なんか一銭にもなんねえ。指一本より金一束だ！　明日からＩＶＹで儲けるぞ！」

キーちゃんは新しいシノギを見つけたと思っているのか嬉しそうだ。

しかし、銀座にいる若者は、やっと買ったＩＶＹファッションでお茶を飲むくらいが精一杯で、とてもシノギにはならなかった。それどころか何万もかけて作った紙袋が残ってしまい、仕方なく事務所の若衆が使ってる始末だ。

次にキーちゃんが目をつけたのは南千住や三河島《みかわしま》だった。工場が多く、トラックの運転手が覚醒剤を使っているという噂を、茨城の組の兄弟分に聞いたらしい。そこで俺たちがトラック運転手になりすまして運送現場に入り込み、運転手仲間に覚醒剤を売りつけようと考えた。

「おい、お前ら免許持ってるか？」

吉田さん以外、他の子分は誰も持ってない。

「しょうがねえ。もう十八歳になったろう？　俺も取るから、取っとこう免許！」

佐々木が「俺、取れますかね。昔、無免許で事故起こしたからなあ」とこぼす。

「もう時効だそんなの。どうすんだ免許、教習所行かなきゃいけねえのか？」キーちゃんがイキイキしている。

脇から吉田さんが「直接、試験を受けに行けば安いですが、技能試験がなかなか受かりませんよ。国と運輸省が組んで儲けようとしてるんで、教習所なんか上の方は皆天下りですよ。汚えもんだ」と注釈を入れる。

「じゃあ、教習所に皆で行こうじゃねえか！　佐々木、まだ店売った金あるんだろう。出しとけ！」

「もうないですよ、親分が少し貸してくれって、二百万持って行きました」

「しょうがねえな、兄貴。俺らを直参《じきさん》にするためだろうけどよ。ま、我慢しろ、まだ三百万残ってんだろう！」

キーちゃんと別れた帰りのタクシーの中、俺と佐々木は無口だった。

「もう、金なんて残ってねえよ。ヤクザもきついよな。免許の金、俺が出すんだろう？」

俺も親分に「臨時の金が入ったんだから少し出せ」と脅されて十万取られたばかりだ。

「俺もアパート借りたから、もう残ってないよ」

「吉田さんが日光街道の埼玉近くに、ニコニコ自動車教習所ってのがあるって教えてくれたよ。明日の午前中に行ってみよう」

翌日、バスで見に行った教習所は出来たばかりなのか、新車が揃《そろ》っていた。受付で入所案内を貰うと、料金は一括払いの方が安く、最短一ヶ月くらいで技能試験免除、あとは学科のテストを免許試験場で受けるようだ。

佐々木が三人分の教習代を一括で払い、次の日からキーちゃんと三人で通う事になった。

その日、新聞を見たキーちゃんは九州にトラック運転手の募集が多い事を知り、もう現地のヤクザに話をつけたらしい。

「早く免許取らねえとな。ブツは台湾から来るらしい。ハジキも用意出来るらしいぞ」

俺は、少ないが佐々木に二万渡した。

「いいのか、茂！」

「それ、貰った金の残り全部だ」

キーちゃんはそんな事は気にもせず、目先の事に飛びついてる様子だ。

「おい、お前ら夜はギター流しを見つけてショバ代貰わないと、荒らされる一方だぞ。どの組が尻《ケツ》持ってんだろう？」

「上野の金岡《かなおか》の所らしいですよ！」

「吉田！　本当か？　金岡の野郎、なんでアメ横から出てくんだ。儲かってんだろう、ベトナムで？」

「ベトナムでどう儲けるんですか？」赤木さんが不思議がる。

キーちゃんは自慢げに説明を始める。

「休暇でベトナムから日本にアメ公が帰ってくんだよ。横須賀あたりで女と酒に金を全部使っちゃう。それでアメリカ製のカメラとか時計を安く売って小遣い作るんだ。ドルも売ってな。それを日本人が買うってわけ。だからアメ横は景気がいいのに、なんでわざわざ北千住まで出てくんだ？　同じ美善一家なのによ」

「横浜の稲本会《いなもとかい》が出張《でば》ってきてるらしいです。アメ公が上野に来ちゃうんで、追っかけて来てるんじゃないですか」なんて吉田さんが言う。

「他人のシマに入ってくんだから、覚悟してんだろうな！」

「そう思います」

「馬鹿野郎、お前らが覚悟してるかだよ！」

「見つけ次第、追い出します」

赤木さんが「兄貴、稲本の岩田《いわた》さんと江藤さん、兄弟分の盃交わしたらしいですよ」とややこしい事情を付け足した。

「なんだそれ。会長がやらせたのか？　見返りに北千住のシマか？　俺の兄貴は知ってんのか、そんな事」

「吉岡の親分、知らないんじゃないですか」

「てめえ、他人事《ひとごと》みたいに言ってんな。兄貴、引かねえぞ。戦争になったらどうすんだ。身内同士で喧嘩やんのか」

「上の方の連中、それを狙ってんじゃないですか？　身内の下っ端を潰し合わせて」

「そうは行くか！」

それから暫くキーちゃんはジリジリと考えていた。

「そうだ佐々木、明日からだよな、教習所。吉田、車で俺ら乗せて行ってくれ」

「分かりました」

「帰りは俺の運転だ！」

もう免許を取った気になっている。

夜になるまで事務所で四人の子分は手分けして競馬の賭け金や闇金の融資先の確認をしていた。これじゃ信用金庫かなんかの職員だ。

夜、北千住の飲み屋街を見回り、二人のモグリの流しを見つけ、毎月のショバ代を決めた。だけど佐々木が流しの男をギターで殴ってしまい、ギターがボロボロに壊れてしまった。キーちゃんは怒り、「てめえ、商売道具壊したら明日からどうすんだ。俺たちにも金入って来ないんだぞ、この、ぽんつく！」と佐々木を殴った。キーちゃんはそいつに「悪かったな。これ、ギターの足しにしてくれ」と言っていくらかの金を渡す。そして血だらけで頭を下げて帰って行く男に、「明日も来いよ。今度は俺たちが守るから」と声を掛けた。で、俺たちへ振り向くと「いいか、相手は商品だからな、傷つけるなよ。女だって顔に殴られた痕があったら、客が嫌がるだろう」なんて締めくくったのだった。

その翌朝、「おい！　吉田まだか、遠いな教習所。そこ行くのに免許いるじゃねえか」とキーちゃんがワハハと自分でウケている。

まず学科の講習を受けてから運転実技らしい。三人並んで、エンジンとかブレーキのどうでもいい講義を聴いた。次に元交通警察のコネで入ったジジイの教官が交通法規の話をやりだした。お経を上げるみたいに喋るもんだから、次第にぐったりしてきた。キーちゃんが飽きてタバコを吸おうとすると、その教官が鬼のように怒った。

「おい、お前。何やってんだ！　ここは教室だぞ、タバコ吸うヤツがあるか！」キーちゃんはムッときたようだが、ここで我慢しないと免許が取れないと思ったのか、黙ってタバコをしまった。昼休みに食堂でキーちゃんは「あのジジイ、今度千住で見かけたらぼったくってやろう」なんて息巻いていた。

そして、いよいよ実技訓練だ。

佐々木と俺は見た目がもうヤクザなので、生徒から生意気だと言われていた教官達も普通に接してきたが、キーちゃんはまだＩＶＹファッションなので遊び人の学生だと思われ、教官はハナから厳しくあたっていた。

その様子を俺はキーちゃんの後ろの車からハラハラしながら見ていた。できたら教官に、「その人、ヤクザですよ！」と教えたかった。

とはいえ俺の教官も元自衛隊で、こっちがヤクザでも態度がデカく、車に乗るだけなのに「前後を確認して！　よーく見るんだよ。エンジン掛ける前にギアのチェック。何やってんだ！」なんて喚《わめ》いたりする。知らねえから習いに来たんだろう。が、ここは我慢だ。佐々木の金が無駄になる。

教習所内の道路をキーちゃんの車の後ろに付いて回っていたが、キーちゃん大丈夫だろうか。教官に腹を立てて殴ったりしないよう祈っていた。すると、キーちゃんの車が停まり、左右に揺れ始める。暫くすると助手席から血だらけの教官が転げ落ちてきた。反対側からキーちゃんが鬼のような顔で降りてくる。教官は恐怖に引きつった顔で必死に逃げようとした。すかさずキーちゃんは車に戻り、運転出来ないのに「轢き殺すぞ！」と怒鳴りながら教官を追いかけた。坂道を登ろうとする教官を、ノッキングしながらキーちゃんの車が追う。異様な光景を皆が「なんだ？」と眺めている。キーちゃんはハンドル操作が出来ず、片方の車輪が坂道の路肩に乗り上げた。当然、車は横転。キーちゃんはやっと這《は》い出してきた。

二人とも所長室に呼ばれたが、結局キーちゃんの主張が通った。教官の教え方がやり過ぎだったと、授業料がタダになった。外で佐々木と待っていると、キーちゃんが出て来た。

「所長脅かしたら、ここロハになった。交通警察ってのは怖くねえな。それでな、いい事聞いた。お前ら、いい商売見つけたぞ！」

「なんですか？」

「ここのヤツら、特に教官はいつもイライラしてんだって。素人の運転に付き合って助手席に座ってると神経が疲れてしょうがないらしい。だから毎晩睡眠薬を飲んだり酒飲んだりしてんだってよ。なあ、俺たちが免許取ろうと思った理由はなんだ？」

「トラックの運転手に覚醒剤売りつけることです！」

「そうだよ、それよりいい客が見つかったじゃねえか。今度からここ来るときは、何袋か持ってこよう。ここの生徒に売ってもいいし、先行投資の段階で儲けられるぜ」

先行投資なんて小難しい言葉を使って、嬉しそうにキーちゃんがタバコを吸ってる。

兄貴がご機嫌なのはいいが、こっちは注射器を集めるのが大変だった。医者が使う本格的なものじゃなく昆虫採集用の注射器を買って来たり、覚醒剤に混ぜ物をして量を増やしたり、アンプル入りのヒロポンを安く買ったりした。

売り方も考えた。まずは免許を取るまで教習所の教官や生徒を相手に商売する事にした。キーちゃんと揉めた教官に挨拶代わりに一本くれてやったら、やけに喜んで貰っていた。

俺たちは教室で生徒から夜の商売が辛いとか、忙しくて免許取るのが大変なんて話を聞くと、「これで集中力が出る」「まだ日本では発売してない栄養剤」とか適当に言って薬を勧めた。初めはタダだが二回目からは少しずつ金を貰う。そうこうしてると教習所の大半を覚醒剤中毒にしてしまった。しかし子分の赤木さんまで中毒になったのは誤算だった。

これでキーちゃんは何十万も儲けた。佐々木と俺らに小遣いをくれた。

「同じようにトラックの運転手と芸人、キャバレーに捌けば儲かるぞ。絶対バレないようにやれ。うちはヒロポン禁止だから、表向きはな！」

アハハとキーちゃんは上機嫌である。どうにか卒業検定は受かった。キーちゃんは、殺そうとした教官をヤク中にした。その教官は薬欲しさに合格させてしまったのだ。

あとは鮫洲《さめず》に行って学科のテストに受かれば免許が貰える段階まで来たが、キーちゃんが全然勉強してない。なので佐々木と俺はキーちゃんの代わりに吉田さんを替え玉で連れて行った。俺たちも何を考えていたのか、吉田さんにアフロのカツラと髭《ひげ》をつけて試験場に入ってもらった。

そして、なんとか無事に合格したが、キーちゃんの免許証を見ると、写真は吉田さんなので別人だ。だからキーちゃんは車を運転する時はカツラと髭をつけなければいけなくなり、ほどなくして変装が面倒で運転をやめてしまった。

俺たちが取ったのは普通免許だから、四トントラックが運転できる。

俺と佐々木は南千住の運送屋、帝都東《ていとひがし》運送って会社にもぐった。帝都東運送は三河島や町屋《まちや》の車の部品屋で作った品物を、浜松や名古屋の自動車メーカーに納める運送業者だ。深夜に東京を出て、翌日の朝には現地に到着する。深夜便の運転手が多く、佐々木と俺が上手くやればこの運送屋も皆、覚醒剤を打って働くようになる。

暫くそこで働いたが、他の運転手とあまり会わないので薬を売るチャンスがなく、キーちゃんに叱られた。大儲け出来ると思い、沖縄のヤクザから大量に覚醒剤を仕入れてしまい、金を払えと脅されているのだ。それに、また子分が薬に手を出したら、一家から破門になってしまう。そんな焦りがあったんだろう。

ニコニコ自動車教習所の教官は、キーちゃんから薬を仕入れていた。教習所で売っているらしく、教官より売人の方が儲かるなんて言って、事務所に来ては薬を仕入れて帰っていく。

そのうち、同級生の安田と菊池が組に入って来た。俺と佐々木は薬を安田や菊池に売りつけさせたが駄目だった。まだヤクザに成り立てで、どう売っていいかわからない。キーちゃんに金を納めなきゃいけないので、無理やり売りに出させた。すると二人は「兄貴が怖いから自分で買って使っちゃった」なんてベソをかいた。その結果、安田、菊池、赤木さんとうちの事務所だけで三人の覚醒剤中毒者を生んでしまった。俺も運転で疲れてしまい、つい一本やってみた。薬ってのは怖い。たった一本で疲労が飛んでいった。戦争中は疲労がポンと取れるのでヒロポンと言ったらしいが、これは本当だ。

佐々木が元気に仕事する俺を見て「茂、お前疲れないのか？」と訊いてきた。

「一本打ってみたんだ。そしたら気分が良くなって、疲れないし最高だぞ！」

「お前、商売物に手を出したら指詰めもんだぞ！」

「金はちゃんとキーちゃんに払ってるよ。指詰めれば箔《はく》が付くだろう、詰めてみるか！」

明らかに俺は馬鹿になっている。

薬のせいで気が大きくなっていた。すると本当にキーちゃんにバレ、指を詰めることになってしまった。

事務所で詰めることになった。まず佐々木が昔魚屋で使ってた出刃包丁を持ってきた。キーちゃんがいる前で指を糸でグルグル巻いてしびれさせ、机の上に置いた。とたんに佐々木が小指の第一関節の間に出刃を当てて一気に押し込んだ。さすが元魚屋。指先が見事に外れ飛び、下のゴミ容器に飛び込んだ。最初はしびれていてわからなかったが、医者に処置をして貰う頃には鼻水やヨダレが垂れているのにも気が付かないほど痛かった。

それから医者の帰りにヒロポンをもう一本。

完全に馬鹿になっていた。

中毒になりそうだ。安田と菊池、赤木さんはどっかに逃げたらしいが、俺はまた帝都東運送に行って働いた。まだキーちゃんに借金があるし、お袋にも送金しなきゃいけなかった。

おかしな事でチャンスが巡ってきた。

佐々木がいつの間にか運転手の集まる深夜食堂を見つけ、そこで商売を始め客が付きだしたのだ。

「おい、茂。品川の第二京浜《けいひん》に毎日《まいにち》食堂ってのがあって、運転手が飯食ったり仮眠とって関西方面に夜出るらしいぞ。行ってみたら皆、気が良くてすぐ仲良くなれる。もう五本は売った。こりゃあ儲かるぞ。赤木さんや、安田と菊池にも紹介しよう」

「三人の行方知ってんの？」

「今、俺が匿《かくま》ってやってんだ。金持って行けばキーちゃんだって怒んねえだろう！」

佐々木の言う事に納得出来た。ヤクザは金で話をつけるのが一番だ。今時、義理とか人情なんて関係ない。

「じゃあ、皆で上手く捌こう。お互い知らない振りしてさ。初めはドイツの疲労回復の薬だって言って、俺ら身内同士で買い出すっての」

そう俺が言うと、「サクラだな！」と佐々木が嬉しそうに鞄《かばん》の中の薬を取り出して、「これで十万位になる、原価二千円だぞ。お前にいい指キャップ買ってやるよ！」と俺の詰めた小指を見て笑う。

次の日から毎日食堂で商売を始めたが、仲間だらけで客が少ない。

「ここなら、お前一人で十分だな」と俺が言う。

「安田と菊池がいいとこ見つけたらしいんだ」佐々木は声を潜めた。

「どこだ」

「浅草のストリップとか演芸場だって」

「あの辺はまだヒロポンやってる踊り子や芸人がいるらしいからな。キーちゃんも知ってるはずだけど」

「いや、あまり身近なんで気が付かねえのかもな」

「意外に山谷《さんや》のほうが売れたりしててな。ヤツらに、早く金作らないと俺みたいになっちゃうぞって言っとけよ！」

「茂、どうせ詰めるんなら、三河島で蹴飛ばしやって親指飛ばせよ。あれ、保険で結構いい金になるぞ」

「蹴飛ばしってプレス機だろ、金に困ったヤクザが良く飛ばしたらしいじゃねえか」

「へへ、駄目か！」

「当たり前だよ、泳ぐと曲がるようになっちまうぞ！」

俺は馬鹿を完全に通り越してる。ろくでなしだ。

指のことでこんなに笑ってどうすんだ。もう絶対にヤクザから抜けられない。

まあいいか、どうせ人間いつか死ぬんだ。今更後悔してもな。

でもキーちゃんはどう思ってんだろう。

こいつはキーちゃんに聞いた話で、ちょっとヤバいがケッサクだった。

キーちゃんは、昔ちょっと売れてテレビにも良く出ていたモノマネ芸人が、北千住に店を出したという噂を聞いた。組に挨拶がないので純さんと知らん顔でその店を覗きに行った。路地裏のビルの目立たない店で看板に「声色《こわいろ》」と書いてあった。声色なんて言葉はもう死語だ。

雑居ビルの階段を上がって店を覗くと、五、六人がやっと座れるカウンターだけの店だった。見覚えのある男が一人で客の相手をしていた。

客も二人しかいないが、狭いので暇には見えない。

キーちゃん達が入って行くと、「すいません、今日は満杯で」とどっかで聞いた事がある喋り方で断ってきた。こいつ、渥美清《あつみきよし》のマネでちょっと売れたヤツだと思い出した。

「真ん中のヤツ、どいて貰えば二人は座れんだろう！」とちょっと脅した。

振り向いた客が「お前、どこのもんだ？」と訊く。

意表を突かれキーちゃんは「どこのもんだ？　てめえが先に名乗るのが常識だろう、このジジイ！」とすごんだ。

すると端にいた男が立ち上がり懐に手を入れている。やばいな、ヤクザで子分連れか。

ここでビビると、この世界では食えないのでキーちゃんは突っ走る。

「なんだ、てめえら二人か？　だったら固まって飲め。こんな狭い店占領しやがって、他の客入れねえじゃねえか！」

　すると子分らしき若い方が口を開いた。

「てめえは、どこのヤクザだ？」

「北千住で飲んでて知らねえのか」

　元芸人をチラッと見たが、怖そうに俯いている。

　すると年寄りの方が「兄ちゃん、何て組だ？」と落ち着いて訊いてくる。

「偉そうにコノヤロー。兄ちゃんだと？　吉岡組の吉岡菊二だ。よく覚えておけ！」

「吉岡って吉岡稔侍の子分か。もうちょっと礼儀を教えて貰え！」

　キーちゃんは何かおかしいと感じたようだ。

「お前、どこのもんだ。カタギじゃねえだろう？」ちょっと弱腰になった。

「吉岡は俺の子分だよ」

　その一言ですぐに理解した。この人は美善一家の会長だと。

　次の瞬間、「すいませんでした」と言う間もなく、カウンターを飛び越えた。店の包丁を掴み、まな板に突き刺して小指をあてがい、包丁を押し込んだ。だが、安い包丁なのでなかなか切れない。全体重を包丁に掛けてのしかかると指先が取れた。

「会長、これで許して下さい」と、小指の先を差し出す。

「こんな、汚え指なんかいらねえ。金持って来い、吉岡！」

そう言うと指を店の流しに捨てて子分と出て入った。

純さんが駆け寄り、「駄目よ、すぐ医者行かなきゃ」とキーちゃんを連れ出した。

結局、兄貴の吉岡親分に頼んで金を都合して貰い詫びを入れた。でも、この一件で兄貴や他の親分に大分借りを作ってしまったのだった。

4

月日はあっという間に過ぎる。

年末、商店街のレコード屋からアメリカのフォーク歌手二人組のやけにキーが高い声が流れていた。『明日に架ける橋』って曲だ。今日から明日に架けたら昨日はどうすんだ。俺は好きなジャッキー吉川とブルー・コメッツがかかるんじゃないかと店の前に立ってたが、次にかかったのは若い演歌歌手の「恋はひとすじいつまでも」って嗄《しやが》れ声だった。店のレコード割ってやろうかと思ったけれど、それはやめて事務所へ向かった。

ダルマストーブの前で組員みんなでジッとしていると、事務所のドアが開き、佐々木が古道具屋で買った獅子舞《ししまい》に使う獅子のかぶり物と唐草の風呂敷《ふろしき》を持って入ってきた。これで年始は東口の住宅地を回って稼ごうと知恵を出した。キーちゃんもノッて「おい、お前ら獅子舞の練習をしろ」なんて、安田と菊池に命令した。

それから事務所で二人は獅子舞の稽古をしているのだが、演《や》った事などないので、ただ獅子の口をぱくぱくさせるだけだった。すると怒ったキーちゃんが「もっとちゃんと稽古しろ、口をぱくぱくさせるだけじゃあ駄目なんだよ！　くるっと回ったりさ。一回寝てみろ。後ろの菊池が足で獅子の顔掻くんだ。おめえら、見たことあんだろう？　それから獅子がハエを追うんだ、それで時間潰せ」

舞に関するやけに詳しい駄目出しを喰らった二人だったが、そもそも正月行事を何も知らないので全くの無駄。兄貴が怖いから汗だくで稽古していたが、事務所が狭いせいでいろんな所にぶつかってしまい、獅子の顔は漆が剝げ、耳もなくなり、とうとう汚いアザラシみたいになった。三が日で使い物になるかどうかわからない。

佐々木と俺は根岸《ねぎし》の住宅街にいた。他の組のヤツにこの辺の人妻が暇をもてあまして、よくホストから覚醒剤を買っているらしいと聞いたのだ。「根岸の里のわび住まい」とかなんとか言うのか知らないが、昔からの金持ちがいるような地域だった。

「どうやって、売るんだ？　覚醒剤いかがですかって言えねえだろう？」

佐々木のボヤキを聞いて俺は笑ってしまった。道の真ん中でヤクザが覚醒剤の売り方を考えている。どうしようもない構図だ。

「佐々木、なんかのセールスで上手く話を持って行くのはどうだ？」

「どういうセールスさ？」

「どっか外国のベッドのセールスなんてどうだ？　よく寝られますか、とかさ。もし精神的に不安だったら、ドイツで開発された薬はどうですか、なんて。日本ではまだ売ってないし、気持ちよくなって疲労も取れますよ、とか言ってさ」

「じゃあ、どっかでベッドのチラシと名刺、それに背広もいるな。お前の指はどうすんだ？　指詰めたセールスマンなんかいねえぞ」

「うるせえ」

俺らはセールスに必要なことを話しながら下見を終えた。

事務所では赤木さんと吉田さんが喧嘩しながら正月飾りをつけている。しめ縄、羽子板、熊手なんてどっから持って来たのか。

「この小判は熊手につけるんだな。羽子板のこの女、誰だ？」

「誰か有名なヤツだろう。おい馬鹿、それはお多福じゃねえか。熊手につけるんだよ、そんな顔の女いるわけねえだろう、このシャブ中」

「なんだ、シャブ中って。俺は覚醒剤しかやってねえぞ！」

「それをシャブ中って言うんだよ、このポン中」

「それはわかるよ、ポン中はヒロポンの事だ」

赤木さんはまだ薬をやっている。そこに美善一家の古参である江藤組の親分から電話が入った。どうも一家と張り合っている稲本会の岩田のシマで、吉岡組が覚醒剤を売ってるとクレームが入ったらしい。もし本当なら千住の半分を稲本に差し出さないと戦争だと言ってきている。受話器越しにも江藤親分の怒声は聞こえた。それはホントだったが、キーちゃんはシラを切って電話を終えた。

「何言ってやがんだ、あの守銭奴。兄貴はなんであんなヤツと兄弟になったんだろう」

「稲本会は浅草に縄張り広げたいんですよ。で、江藤の親分を取り込んで圧力掛けてんじゃないですか？」

「江藤と稲本んとこの若衆が兄弟の盃を交換したらしいからな。シマ荒らしと組んで一芝居打とうなんて、一家をどう思ってんだ」

「江藤親分と稲本がうちのシマ取りに掛かってるって事です」

吉田さんが事務的に言う。

「吉田！　なんだその言い方、俺らのシマ取られていいのか？」

「兄貴、そんな事言ってません」

「俺はカシラだぞ、馬鹿野郎！」

ガタンと音がして驚いて振り返ると、安田と菊池の獅子が柱にぶつかって、中の二人が絡まっていた。

「しょうがねえ、浅草で賭博やらせてやろう。その代わりこっちも品川より西で祭りや薬やらせてもらおうぜ」

新年を迎えた。年末から年始に掛けて吉岡組はよく働いた。

笑えるのは千住の住宅街を安田と菊池が獅子舞で一軒ずつ半強制的に縁起もんだと言って回ったんだが、舞が下手でガキに馬鹿にされ、挙げ句は「ちっとも怖くねえよ！」と石を投げられる始末だったことだ。安田が怒って獅子を脱いで睨むと、安田の形相の方がよっぽど獅子より怖かった。

それを聞いてキーちゃんが「お前ら、自分の顔出して踊れ！」と膝を叩いて笑った。

吉田さんは年末の酉《とり》の市《いち》の熊手や羽子板の売り上げをキーちゃんに見せた。組のまとめ役らしく満足そうに頷いたが、すぐに不平を言い出した。

「この金ぜんぶ、美善一家の所に行くのか？　面白くねえ。何にもしねえで。俺たちのシマなのによ。おい、地下足袋何足か買って来い。ビールビンとか一升ビン細かく砕いて袋に詰めとけ！江藤が貸した浅草の旅館で、稲本が明日の晩から新春賭博ってのをやるらしい。そこを襲ってやる」

俺は千住から賭場御開帳の祝い酒を届けるフリをして先に現場へ入ることになった。シマ荒しの稲本会の賭場は、柳通りに昔からある橘《たちばな》旅館の二階広間。稲本会傘下である岩田組の新年最初の賭場には、浅草の商店主や江藤組の幹部も揃い賑わっていた。客が二万、三万と大金を張る中、隣の部屋では江藤が岩田組の若衆に接待を受けている。稲本会の切り込み隊長役である岩田が「さすが浅草ですね、客の張り方が違う。江戸っ子は豪快だ。仕切ってる親分衆が客を選んでるから盛り上がりますね。こんな景気のいい賭場は久し振りですよ」と江藤に満足そうに媚《こ》びていた。他の若衆は客の接待や賭場の仕切りに駆り出されていた。回り胴の手本引きで、二階の広間はため息と笑い声が混ざり合って活気で暑いほどだ。

そろそろキーちゃん、佐々木、赤木さん、吉田さんは砕いたガラスの入った風呂敷と空のバッグを持って旅館に向かっているはずだ。キーちゃんはフィリピン製のワルサー、佐々木が日本刀、他の連中はドスで武装していた。俺が気になって踊り場へ行って階段下をうかがうと、旅館の入り口では岩田の所の若衆が二人ほど立って外を見張っている。

突然、入り口で怒鳴り声がしたので、俺の近くにいる客は警察の手入れかと思い緊張したようだ。広間の若衆たちはすぐに道具を出し身構えた。俺はキーちゃんを先導するため、急いで階段を下りた。

入り口の若衆を佐々木が横ざまに斬りつけ、相手の腕を飛ばす。吉田さんがドスでもう一人を刺すが、緊張で手に汗を掻き、切っ先が相手の腰骨に当たってしまう。柄を握った手が前に滑って自分のドスで指を切る。垂れ下がる人差し指と中指。薬指まで半分切れている。それを見て、もう戦えないと判断したキーちゃんが「吉田、逃げろ！」と怒鳴って二階の広間へ駆け上がる。

「急げ！　こっちだ」俺は佐々木の腕を引っ張って階段を上る。

ドスを持った岩田の若衆にキーちゃんが拳銃を向け、佐々木が日本刀で客を制止している間に、赤木さんがバッグに賭け金を投げ入れるや逃げだした。直前に俺は砕いたガラスを撒《ま》き散らす。こっちは地下足袋で怪我はないが、追ってきた連中はほとんどが素足か靴下なのでガラスが刺さり動けなくなった。こうして俺らは二百万近くの金を手に入れた。

しかし、この件は俺らの仕業だとすぐにバレてしまった。

稲本会は江藤が裏切ったと激怒した。江藤は自分が幹部として居座っている美善一家をないがしろにして稲本会にすり寄ってたわけだから、俺ら下っ端から見たら当然、稲本会へ指の二、三本くれてやって、一家にも四、五本は詰めて詫びを入れてもいい話だ。ところが江藤は稲本会長の名代として自分を責める岩田と口論になり、わけがわからないが「稲本と美善で戦争だ！」なんて叫びだした。一人でやってろよ、まったく。

キーちゃんは戦争がおっ始《ぱじ》まるのは大歓迎だったけど、何故かうちの美善康三《こうぞう》会長が吉岡親分を破門する事で戦争回避を図ろうとした。裏切り者で勝手に騒いでる江藤を破門するのがスジだろうと、馬鹿でもわかるはずだが親分衆はわからない。吉岡親分を差し出す話に稲本会が納得せず、吉岡のタマを持ってくるか、吉岡組のシマ北千住を差し出すかどっちか選べと迫られた。会長は稲本会の言い分を蹴るんじゃなく、江藤組に吉岡殺害を命じた。泥棒に入られて、盗《ぬす》っ人《と》の言いなりに家族を殺す家主がどこにいるんだろう。うちの会長がまさにそれなんだが。

江藤組は吉岡親分をマトにかける一方で、揉め事を預かってやるから北千住のシマを譲れと連絡してきた。どいつもこいつも上の連中ってのは了見がわからない。

事務所に帰って来た吉岡親分は、賭場を襲った弟が可愛いのか全く怒らず、自分を取り巻く妙な状況を受け入れているように見えた。

「兄貴、どこに行ってたのさ。心配したよ」キーちゃんが兄の湯呑《ゆのみ》に酒を注ぐ。

「あ？　ちょっとな」どうも美善一家の関係者とは会ってない様子だ。「あのな、会長のタマ取って、稲本に届ければさ、その後を俺に任せるって話がきてるんだ」と言う。

血の気が引いた佐々木が「美善会長を取るんですか？」と声を震わす。

「ああ、そうらしいんだ。殺《や》れば美善一家の会長は俺だ」

「兄貴、江藤も殺ろうよ、直参の親分衆に上手く言ってさ」キーちゃんが身を乗り出す。

「菊二！　江藤は美善一家の幹部だけど、片方では稲本のヤツと盃交わしてるんだ。江藤を殺りたくても、稲本は『ヤリ過ぎだ』って俺らをマトにかけてくる。会長になれれば、後でどうにでもならあ」

「でも兄貴、このままじゃ吉岡組潰されるぜ。あ、そうだ！　江藤に会長をくれてやるから黙ってろって頼んでさ、あいつに会長殺しの責任取らせて始末しちゃおうよ」

俺としては筋書きがややこしすぎて頭に入らない。とにかくキーちゃんは指詰めた恨みで会長に復讐《ふくしゅう》したいらしい。

吉岡親分は暫く考えていたが、「おい。菊二、赤木、高野、佐々木以外は外に出てくれ」と他の子分を事務所の外に追い出した。

「よし、菊二！　俺はヤクザだ。カタギの連中みたいな面倒なことは大嫌いなんだ。こうなりゃ会長と江藤のタマ取ってな、稲本会の会長に持って行ってあっちへ入った方がいいんじゃねえか？」

さすがに俺も他の連中も驚いた。一家も稲本も皆殺しにしちゃったほうが早い気がするけど、こっちが生き残る保証はゼロだろう。

この兄弟狂ってる。

あまり修羅場で動じない佐々木が「結局、うちと美善一家の喧嘩ですか」と眉根を寄せて呟いた。

「馬鹿野郎、喧嘩じゃねえ。正真正銘の殺し合いだ！」

「親分の義兄弟はどうすんですか？」俺は敵に回す連中の多さにビビっていた。

「ヤツらは勝ち馬に乗るんだ。どうせ洞《ほら》が峠《とうげ》で様子見よ。ヤクザってのは、義理とか人情なんて嘘っぱち並べてても、本音は我が身が一番大事よ。違うか、お前ら？」

即座にキーちゃんが一言「違うよ親分！」と甲高い声を上げた。

「菊二、お前、俺の弟だから違うんだよ」

キーちゃんはムキになって「佐々木や茂、赤木は俺が鍛えた本物のヤクザだ。いつでも死ぬ覚悟あるよ。本物のヤクザで天下取ろうよ！　なあ、お前ら？」

本物のヤクザが欲得ずくなのか、義理人情で生きてくのか、よくわかんないんだが、空気を読んで仕方なく頷いた。

「よし、決まった。皆殺しだな」

親分は気だるそうに手酌で酒を飲み始めた。

「どうせ天下取るなら稲本の会長になんなきゃな！」キーちゃんだけが嬉しそうに言い、外に出した子分たちを呼び戻した。

「まず道具揃えないと。ハジキは何丁要るかな、弾も結構買わねえと。内緒で用意出来るヤツじゃねえとな。金は……」

「金は、こないだの博打場荒らしで二百万位、あと事務所に百万位あります」

キーちゃんの興奮が伝染った赤木さんが答える。俺は俯いて仲間の様子を盗み見た。この前、詫びに指を詰めた安田や菊池、出入りで指の取れた吉田さん。この組は指のちゃんとあるヤツがほとんどいない。

「幹部連中に金を借りるか」

「親分、そんな事したら、バレるでしょう?」佐々木が止める。

「いや、連中は会長と江藤に張るけど、俺らにも保険で賭けるんだ。明日から動くぞ。江藤の連中に気をつけろよ。俺の首を狙ってんだからな。こっちは早く美善会長を殺らねえとな!」

美善一家には上野や千束《せんぞく》を仕切る古参幹部がいる。この古参連中が江藤の事を良く思ってない。稲本会に媚びる江藤に任せてたら自分らのシマを奪われてしまうと本気で心配していた。そこで吉岡親分は古参の会長派には江藤を取ると言い、江藤には会長の跡目を取らせると連絡したのだった。その裏では稲本会へ一報入れ、移籍土産に美善一家のシマを持って行くと約束した。

狂った親分にしてはなかなか上出来の策士ぶりだ。

だけど、デカい組織で俺らの組は所詮、捨て石、小物だとすぐに知れた。

会長と江藤の暗殺を実行に移す前に、稲本会からの刺客が飛んできて、さっさと二人を消してしまったのだ。吉岡組の出る幕はなかった。キーちゃんや俺、佐々木は呆気《あっけ》なさと、稲本会の凄さを見せつけられてショック状態だった。

舌を巻いたのは始末の付け方だ。警察に犯人として差し出したのが、新潟にある稲本会傘下の若衆で絶対に美善一家と関係なさそうな男だったこと。そして会長と江藤の葬式一切を稲本会で仕切ったということだった。全国から集った会関係者によって稲本の影響力を知らしめた挙げ句、ごっそり香典をせしめてみせる稲本龍二《りゅうじ》会長は豪胆で計算高かった。

葬儀が済むと一家は自動的に稲本会の傘下入り。一気に会は日本屈指の組織に上り詰めてしまったんだから、開いた口が塞《ふさ》がらない。吉岡親分は稲本会の盃を貰い、一家にいた頃より格下になってしまう。

稲本会は金に厳しく、傘下の親分衆がシノギを得るのに血まなこだった。吉岡組は会に他の組よりも多く上納金を納めなければならず、浅草での賭博には吉岡組の者が駆り出され、下働きをさせられる。我慢ならないキーちゃんは会に内緒で賭場を開こうと言い出した。

「それより、顔の割れてないチンピラ使って、稲本の賭場荒らした方がいいんじゃないんですか」

佐々木も諫《いさ》めるより酷い提案をする。命を捨てる覚悟が無駄になって、なんだかどうでもいいような感じが胸に巣くっているのだろうか。

「へえ、そんなヤツらいるか？」キーちゃんはなんでもいいらしい。

「兄貴、中学や高校の番長はずっと俺たちが可愛がってやってますから、言うこと聞くのいっぱいいますよ、バレても組員じゃねえし」安田もいい加減なことを言う。

「馬鹿野郎、バレたら終わりだよ。そいつら度胸あるか？」

「やり方を教えてその通りやらせれば、出来ますよ」

「場所はどうすんだ？」

「うちの組が助《すけ》っ人《と》に行く所を教えればいいし、どうとでもやれるでしょ、賭け金持って行かせればいいわけで。簡単でしょう」

「よし、ガキ達に金渡して、地下足袋履かせて顔がバレない格好させれば、表は大抵うちの者が立つからすんなり行くだろう。古くて撃てない拳銃でも持たせれば効き目あるかな」

「日本刀とかドス用意してやって、どこに逃げるか決めとかないと駄目だな」吉田さんも考えがありそうでなさそうな口をきく。

「ああ。特にドスの使い方は、教えないと指落とす馬鹿いるからな」

俺は下を向いて笑っていた。吉田さんは悲しそうに指のない右手を見ている。

翌日、安田が足立区の高校の番長だとか、少年院上がりとか退学させられたとかいう不良を四人集めてきた。来週は稲本会の肝いりで、横浜の組が上野池之端《いけのはた》にある旅館、桜花楼《おうかろう》で上野、浅草の上客を集めて御開帳らしい。

キーちゃんはさっそく、親分を説得することにした。

「兄貴、俺にやらせてよ。稲本に持っていく金だけで、稼ぎのほとんどがなくなっていくんだもの。どうにもなんねえから。頼みます、親分！」

「そんなことしたら終わりだろ。会長と江藤はあっという間に消されたろ。同じになりてえのか」

「稲本の野郎に先を越されるまで、俺たち天下取ろう、皆殺しにしようって決めてたじゃないか！　兄貴はなんでヤクザになんかなったんだ？　俺、これじゃあサラリーマンの方がよっぽどいいよ！」

それは俺も同じだった。とことんまで馬鹿になって、この扱いじゃ生きてる甲斐《かい》もないってものだ。

「しょうがねえ。じゃあ菊二、好きにしろ。その代わりバレたら、お前ら全員で責任取れよ」親分もヤケ半分で言い放つ。

「ああ。わかってますよ、腕の一本でもくれてやりますよ！」

「馬鹿野郎、賭場荒らしだぞ。腕なんか要らねえんだよ。殺られるんだよ」

キーちゃんは気勢をそがれて静かになってしまったが、そこは佐々木がとりなした。

「どうせ拾った命だ。親分やりましょう、ガキがやった事で逃げればいいんですから」


と、いうわけで強引に決行することになった。

まず菊池と安田が客として入り込み、吉田さんをリーダーとするチンピラが襲撃する事にした。キーちゃんが事務所で武器を渡す。吉田さんは拳銃、安田の後輩の四人は日本刀やドス、木刀などを手にした。

そして当日。

間抜けな話だが、囮《おとり》として先に博打場にいるはずの安田や菊池が、入り口で客の名簿に名前がないと稲本の若衆に止められてしまった。二階の大広間で客の接待を手伝ってるキーちゃんや俺に佐々木が「やばいかもな」と耳うちした。

中止にしようにも間に合わず、下で物音がしたと思ったら、若衆の罵声が飛び交い、大広間に地下足袋のチンピラが駆け込んできた。

吉田さんが拳銃を向け「動くな！　殺すぞ」と叫ぶと、チンピラの四人がちゃんと打ち合わせどおりに金をカバンに入れたり、客の顔へ日本刀を押しつけたりしている。

しかし、稲本の若衆がドスで吉田さんに斬りかかった。必死になって吉田さんはワルサーの撃鉄を引くが弾詰まりを起こして発砲できず、逆に腹をドスで突き貫かれた。血飛沫《しぶき》が上がり、仰向けに倒れる。客からも反撃され、他の四人はガラスも撒けず、金も持たず、どうしようもない格好で逃げていってしまった。

その始末は金、銭で方《かた》を付けることになる。ヤクザは銭なのだ。

すぐに吉田さんが吉岡組の組員とバレて、親分が言い訳に駆け回った。結果、賠償として三百万、プラス指だ。もう組の金庫はすっからかん。賭場を襲ったチンピラを抱え込んでしまい、組員の頭数だけが増える。組は十人以上になったが、金を持ってこさせるより養うので手一杯だ。親分もキーちゃんも無い袖は振れないから、覚醒剤からシンナー、売春、恐喝、金の臭いがする物にはなんでも近づいた。

安田はバイクの仲間を増やし、毎月、暴走族から金を取った。菊池は上野や根岸の人妻にヤク中のホストを使って覚醒剤を捌いた。赤木さんと佐々木は深夜便のトラック運転手に覚醒剤をじゃんじゃん売る。吉田さんは命拾いしたものの、なくした指の付け根が膿んで病院通い。俺とチンピラ四人は競馬、競輪のノミ屋とシマウチのみかじめ料をふんだくって上納金稼ぎに奔走した。

汗をかけば組も稼げる。ヤクザなのに威張ってもしょうがないが、商売に身を入れたので事務所は上納金に苦しめられながらも大きくなっていった。

そんな時、稲本会で俺らのシマ周囲を仕切っている幹部の岩田から吉岡親分に電話が入った。上野の桜花楼の社長から千葉の親分にいかさま博打で旅館を取られてしまったと泣きが入ったから、話を付けてほしいらしい。

「どうすんですか、いかさまだから返せと、千葉の親分に言うんですか？」親分は岩田に訊く。

「馬鹿野郎、お前、ヤクザだろう、俺のシマで余所者《よそもの》が勝手に博打やったんだ」

「じゃあ、うちの組から何人か千葉に行かせて落とし前を付けてくるんですね」

「わかってんじゃねえか、俺に全部言わせんな！」

「すいません、明日朝一で行ってきます」

「ちゃんとしたヤツ行かせろよ、桜花楼は戻せ。それから千葉のヤツらにシマは稲本会が預かると言え！」

吉岡親分は焦った顔色になった。これじゃあ抗争事件じゃねえか。

「用意があるので二日位頂けますか？」

「明日行くんだよ！　何ノロノロやってんだ。道具は用意してやるから」

電話を切った親分は「道具って事は殺し合いになるんじゃねえか」と呟いていた。

千葉くんだりまで使いに出されるのはキーちゃんと俺だ。千葉の組は浜田《はまだ》組という古株の連中で、他の組織と繋《つな》がりはない任俠らしい。鴨川《かもがわ》の漁師町で観光客や漁師相手の博打で稼いでいるそうだ。

俺とキーちゃんは稲本から道具を預かった。ハジキ二丁、おまけにダイナマイトをくれた。稲本会の幹部が嬉しそうに言った。

「ダイナマイトは腰に巻いて、何かあったら吹っ飛ぶぞって脅かすといいぜ」

「そりゃあいい、これ本物ですか？」キーちゃんは真顔で訊いた。

「馬鹿！　本物に決まってんだろう。失敗したら死ねってことだ。お前らみたいなチンピラはそんなもんだ。頑張れよ」チンピラという言葉にカチンと来たキーちゃんが「チンピラだと！　ここで試してやろうじゃねえか」と凄んでダイナマイトに火をつけようとした。

待て待てと、驚いて腰から崩れ落ちながら会の幹部が止める。

「馬鹿にして悪かった、ちゃんと詫び入れるから許してくれ、頼む！」

「帰って来たらまた来るからな。それなりの用意しとけよ！」

「わかった、あんた名前聞かせてくれ」

「チョーパンの菊二だよ！」

久々に聞く名前だ。俺は少し嬉しくなった。

「菊さん宜しく頼むよ」幹部が丁寧に頭を下げた。

久々に気持ちが良かった。

稲本に虐められてばかりなのに気分が高揚してきた。キーちゃんがいれば上手く行くような気がする。

翌朝、東京駅で笑わせて貰った。キーちゃんが、切符売り場で「千葉の浜田組まで二枚！」と駅員から切符を買おうとしていたのだ。

「浜田駅ですか？」

「浜田組だよ」

「浜田組って駅はないんですけど！」

俺は急いでキーちゃんを引っ張り、キーちゃん、俺が調べるからちょっと待ってて、と拳銃とダイナマイトが入っているバッグを抱えて稲本会の岩田に電話して場所を聞いた。

安房《あわ》鴨川まで行ってタクシー拾えばすぐだと言われ、切符売り場へ戻るとキーちゃんに「茂、買っといた」と切符を見せられた。受け取って見ると切符に「下車駅　京都」と書いてあった。なんで千葉なのに京都を！　ひょっとして京都の鴨川を思い出したんじゃないか。

キーちゃんは「おい笑ってる場合じゃねえ、行くぞ！」と気負っている。

「兄貴、安房の鴨川ですって。京都じゃない。そこからタクシーですぐですって」

「京都じゃねえのか」

ポカンとしてるキーちゃんを見て、覚醒剤をやってるなと俺は思った。

数時間後には浜田組の事務所に俺たちはいた。稲本会の使いで浜田組長に会いたい、と告げた。若衆が親分に電話して取り次いだ。

キーちゃんは上着の下にダイナマイトを巻いているのに、お茶を飲みながら出された饅頭《まんじゅう》をばくばく食っている。俺は懐に拳銃を隠したままで何も手をつけず、浜田組の親分を待っていた。

「おー。悪い悪い、稲本さんの使いだって！」

「お忙しいところすいません、私、稲本会若頭岩田の使いで高野と申します。こっちが兄貴分の吉岡菊二です」

「で、何の用ですか？」

「岩田によれば、親分が上野の桜花楼の社長と博打をやり旅館を取ったんですってね。あそこは稲本会のシマですし、勝手に稼がれちゃかなわないんですよ」

「おいおい、おめえらもヤクザだろ。博打で勝ってよ、旅館貰って何が悪いんだ、ああ！」

隣でキーちゃんがキレたのがわかった。

「なんだと、この田舎ヤクザ！　てめえ、稲本のシマで、博打やったの分かってんだろうな。千葉じゃ、そんな仁義もねえのか！　それもいかさまらしいじゃねえか。そっちの出方によっちゃあ、腹のダイナマイトで吹っ飛ばすぞ」

啖呵《たんか》を切ると上着の前を広げた。俺も拳銃を抜いた。驚いた浜田組長は床に正座して明日すぐ稲本の本家に詫びに行くと泣き声を出す。

「詫びに来る？　どんなケジメつけるつもりだ」

「旅館は返します。金も用意して、エンコは勿論詰めて伺います」

「金とか指の問題じゃねえんだよ、てめえのシマよこせ！」

浜田は驚いたが、もう一度考えて伺いますと頭を下げた。若衆が不安そうに見ている。

帰りは丁寧に地元の干物をお土産にくれ、さらに駅まで組員が送ってくれた。

電車の中、キーちゃんはご機嫌で日本酒を飲んでいる。酔って座席にもたれているが、開けた上着の間からダイナマイトがチラついて、こっちは気が気でない。

やっと帰って事務所で親分に報告した。吉岡親分は自分の手柄のように稲本会の岩田へ電話して本家に連れてってくれと頼んでいた。


そうやってキーちゃん、佐々木とか俺らは吉岡親分と一緒に横浜の稲本会本家へ出向いた。すると岩田なんかの幹部連中が、会長宅のデカい広間に雁首《がんくび》並べて居座っていた。幹部連中とコレといった話題もない吉岡親分や俺らは黙って稲本会長を待った。

するとと千葉の浜田を連れた会長が現われた。俺らは居住まいを正してお辞儀する。

「おお。話はまとまったぞ。浜田もケジメつけたからな。もうウチとは関係ない。お前ら、間違っても手を出すなよ」

鬼の稲本、千葉の田舎ヤクザをとことん追い込んだようだ。まず浜田のシマと子分を幹部に譲らせ、上野の桜花楼を買い上げた。泣きついてきた桜花楼の社長には千葉のヤクザのなけなしの金の少しをくれてやっただけ。俺ら吉岡組には恩賞なしって酷さだ。

事務所に戻るとキーちゃんが「兄貴、俺たちには何もないのかよ?」と不平をぶちまけた。すると親分は「俺たちは外様《とざま》だから使い捨てだよ」と泣きそうだった。あれだけ幹部にへりくだって本家にまで出向いたのに足蹴にされたんだ。泣くより怒るだろう、普通。

「じゃあ、早く手を打とうぜ!」キーちゃんは熱くなった。

「手を打つって、お前、どうすんだ」

「盃を叩き返すんだ!」

俺は心で頷いた。稲本に不満をもってる組や親分衆はいるはずだ。そいつらを味方につけて短期決戦でいけば、これ以上は舐められないはずだ。ずっと不発弾なんだ、俺たちは。頬《ほお》を引きつらせる佐々木も同じ気持ちのようだ。ヤツも口を開いた。

「そうですよ。ちゃんと準備すれば味方してくれる組も出てきますよ」

「馬鹿野郎、全国のヤクザ相手にするんだぞ。すぐ潰されるよ」吉岡親分は青くなっている。

「いいじゃねえか、全滅しようよ。佐々木、喧嘩に味方なんていらねえんだ。太く短くパーッといこうぜ。大暴れして死んじゃおう、ヤクザってのはそういうもんだ！　茂、お前もすぐ死ねるだろ。今からでも引き返して殺っちまうか？」

え？　こっちが死ぬのは勘弁して欲しかった。キーちゃんはここんとこオカシイ。やっぱり薬をやってるな。佐々木はキーちゃんに応じず、親分へ顔を向ける。

「親分、アメ横を仕切ってる金岡さんは美善一家の時が懐かしいってボヤいてますよ。稲本が勝手に割り込んできてますしね。今じゃ本家と対立して、関西の丸菱《まるびし》に助っ人を頼んでるらしいですよ」

「じゃあ、丸菱が東京に出て来んのか！」

そこへ稲本会の岩田から電話が入った。親分は「盗聴されてねえよな」とマジでビビっていた。そして受話器を握ると神妙な顔で頷いている。電話を切り、こっちを睨むと「アメ横の金岡を殺れってよ！」と喚いた。

「やっぱり噂はホントだったんだ」佐々木が頷く。

「稲本の野郎、何でも俺らにやらせようとしやがる」親分が吐き捨てた。

「やったって、何もくんねえんだろ。タダ働きはやめようや、兄貴！」

考えている親分へ俺が「金岡と組んで稲本の息のかかったヤツらのタマ取って、丸菱へ土産にしましょうよ！」と詰め寄った。

「岩田の野郎も、取らねえと気がすまねえよ」キーちゃんが呟いた。

俺らの話が行き詰まったので、親分は金岡を北千住の喫茶店に呼び出した。

店のラジオから「だけども問題は今日の雨　傘がない」とかいう歌詞が聞こえてきた。何を悩んでんだ。俺らの今に比べりゃ、そんなもん問題にもならねえ。

「あんた、稲本に消されるぞ。岩田が俺に殺れって電話して来たんだ」前置きも何もなく親分は金岡へ切り出した。

「なんで、俺が狙われんだよ？」金岡は眉を寄せる。

「助っ人にあんた、関西の丸菱を呼び込んでるんだろ。それが気に食わねえのさ。東京に出る気満々の丸菱へ、見せしめに殺すんだろう」

「吉岡よ、何言ってんだ？　聞いてないのか？」

金岡が言うには稲本の岩田と丸菱の幹部が兄弟盃を交わしたばかり。自分は丸菱が助けてくれないから、にっちもさっちも行かなくて困り果ててるんだ。

「なんだよ、丸菱と稲本で上野を切り分けようって肚《はら》か。お前を俺らに殺らせた後はまさか……」

親分は血の気が失《う》せたようだった。

「そりゃあ、上野の次はお前んとこだろうな。美善一家を襲ったのと同じ、手口は一緒だよ」金岡は泥舟に乗った同士という顔でマズいコーヒーを啜《すす》った。

出口なしかよ。捨て石以下ってわけか。俺は息が詰まりそうだった。キーちゃんは、なぜかスッキリした顔で澄ましていた。

そこへ千住のクラブから客が暴れていると電話が入った。急いで俺とキーちゃんが向かった。揉め事は久し振りなので、俺ら二人して興奮した。

店に入るとテーブルや椅子が散乱している。客やホステスが遠巻きに見ている中、大男が仲裁しようとするボーイを片っ端から投げ飛ばしていた。キーちゃんが笑いながら向かって行く。

「あいつ柔道かなんかやってます、組んだら駄目だ！」

昔の事を思い出して俺が注意したが、キーちゃんは「わかってるよ！」と余裕だ。ノンシャランと男の正面に立つ。

「何だてめえは、用心棒か？」

キーちゃんは摑み掛かられるタイミングですっとしゃがみ込み、相手が前のめりになるところを、下から伸び上がるように得意の頭突きをかます。男の鼻から血が噴き出す。間髪を容れず、顔を押さえる男の急所を蹴り上げる。さらに後ろに回ってもう一度、股の隙間から急所を蹴った。気を失った男をボーイと店の事務所へ担ぎ込んだ。

氷水をぶっかけ、目を覚まさすと会社や住所を聞き出した。それから近くの医者にボーイの怪我を大袈裟に書いて貰う。後日、壊れた店の家具は舶来物の高級品だと嘘をつき、男の会社へ乗り込むんだ。そうやって巻き上げる金も稲本に吸い取られるからくだらねえ！

一仕事終えて喫茶店に帰ると、さっきの話の続きをまだやってる。

金岡が諦めたように「俺、カタギになろうかな、田舎に土地でも買ってのんびり、しようかな」などと言っている。

「あんたは、北朝鮮に金もって帰んなきゃ駄目だろう」親分は慰めている様子。

「それにさ、タダでカタギになれると思ってねえだろうな？」

「そりゃな。いくらか積めば稲本の岩田もわかってくれるだろう」

「岩田が俺にお前を殺せって言うんだぞ。あり金を全部出しても無理だ」

「じゃあ、どうすんだ？」

キーちゃんが「岩田のタマ取っちゃいましょう」と喚く。

「そんな事してどうすんだ！　兄弟盃を岩田が交わしてるなら丸菱も敵に回すんじゃねえか。終わりだぞ、終わり」

「兄貴、いつまでも他人の言いなりは止めましょう、俺も疲れてきた」

キーちゃんの顔に脂汗が浮いている。薬が切れたか？

暫く間があって金岡が「兄弟、少し時間くれ。考えてみる」と呟く。

「時間なんてねえんだぞ。稲本と丸菱が手ぐすね引いてんだ。どっか隠れるとかしてくれ」

「分かった、また電話する」
それが金岡を見た最後だった。
翌朝、金岡は自分でケジメをつけて不忍池《しのばずのいけ》に浮いていた。

5

驚いたことに、金岡を殺ったのは吉岡組ということになっていた。稲本と丸菱を無視して勝手をやったというわけ。ところが処分どころか俺らは武闘派なんてことになり、覚醒剤やら暴走族相手の集金で稼いだ金が弾みになったのか、稲本会の直参に昇格してしまったのだ。

キーちゃんは吉岡組の若頭として自前の組を持たされた。赤木さんがその組の若頭となり、子分は自殺した金岡の連中を引き継いだ。吉田さんは欠けた指の治療に失敗して、腕が四六時中、震えっぱなしだ。はじめに診た医者から大分金を巻き上げたらしい。俺も小さな組を持つことになり、佐々木が若頭、安田と菊池やチンピラもちょっとした顔になれた。

今度は俺たちが上野の一部と千住をシマにしたわけだが、稲本と丸菱は隙があれば狙ってくるに決まっていた。

でも俺らは馬鹿だ。降って湧いた出世に浮かれてしまった。

俺は親分と言われるのが恥ずかしかったが、佐々木がよく助けてくれた。

関東進出を悲願にしている丸菱が横浜に事務所を出した。横浜の平和球場のダフ屋や野球賭博に丸菱が噛んでくる。稲本の傘下は当然、メーワクした。仕方ないので丸菱と縁がある岩田に相談する。ところが岩田はタヌキで、「うちのシマには手を出さないって決めたのにな、よく言っとくわ！」などと約束するが放っておくのが常だった。

しかし、稲本の会長も丸菱が静岡からこっちの歌謡ショーやプロレスの興行にまで手を出してくるとなると、焦らずにいられなくなった。会長の意を汲《く》んだ岩田は、稲本が無理やり傘下におさめた外様の組に丸菱の上京組を殺れとうるさく言い出した。そんな時にキーちゃんが死んだ江藤の部下だった嶋野って男に相談を受けたのだ。

「んだと？　岩田が言ってんのか。ヤツは丸菱の直参と兄弟だろ。会長も汚えよ、自分とこでは手出ししねえなんてよ」

「誰かいませんか？　それなりの金用意しますから。懲役で若いのがいなくて」

キーちゃんはこれをチャンスに丸菱と喧嘩したいと思ったそうだ。

「じゃあ、任せてくれ。金とハジキは用意しといてくれよ」

「本当ですか。恩に着ます！」

そして俺に電話だ。

「ちょっと知り合いに頼まれてな」

「知り合いって誰です？」

「そりゃあ、知らない方がいい。丸菱関係なら誰でもいいから、組長のタマ取ってくんねえか。俺は岩田じゃねえからさ、ちゃんと銭払うぜ」

「丸菱とやるんですか？」

「ハジキと金は用意する。こっちで適当なヤツ探してやるからさ。また電話する！」

勝手なもんだ。丸菱のヤツを殺れば確実にマトにされちゃうじゃないか。

俺は焦った。キーちゃんはシャブ中になってる。あの人はみんなで死にたいんだ。薬のせいで、どんどんその気になってる。ガキの頃みたいに喧嘩っ早い。

俺は若衆を集めて、近いうち丸菱の誰かを取りに行くと言うと、止めるはずの佐々木が勢い込んで喋りだした。

「こいつらも少しは箔つけないとな。指も詰めてないし、墨も背負ってないし、せいぜい八年位だ、誰か行ってこい！」

皆黙っていた。俺が不意に「じゃあさ、一緒に誰か行かねえか？」と口にした。

「親分が行くって話なら、一緒は俺しかいねえでしょう」

「留守中、組をまとめんのは佐々木だろ。あとさ、親分って言うの止めろよ！」

「だって、親分でしょう、高野君って呼ぶの？」

「茂じゃなくて良かったよ」

みんなが笑った。よくわからないが、キーちゃんがああなったら、俺がやるしかない気がしていたのだった。

二、三日して、キーちゃんから静岡の病院に伊東《いとう》を仕切る組長が入院していると電話があった。大橋《おおはし》という親分で丸菱直系ではないが傘下になって、関東進出を何かと助けているヤツだという。昔からの博徒でかなり大きな賭場を開いたらしい。今は伊東の温泉街でストリップや売春、覚醒剤なんて当たり前のシノギで稼いでいる。ガードも一人か二人なので、ただ撃てばいいと気楽に言う。

俺はまず丸菱の名を騙《かた》り、安田に見舞い花を持って様子を見に行かせた。

帰って来た安田は「病院が大きくてガチャガチャしているので、誰も気にしない」と言う。親分なのに四階の四人部屋でもう先がない爺《じじい》ばかりで寝てる、と。検診も一日一回で、四階のフロアに介護人が一人暇そうに座っているそうだ。可哀想に、稼いだ金は女と若頭に持っていかれてる。

早く殺らないと相手が死んでしまう。急いで日にちを二日後に決めた。

佐々木のアパートにキーちゃんの使いが来て、拳銃二丁と金を置いて行った。

安田と静岡駅でタクシーに乗り、病院へは二十分ほどで着いた。バッグの中には白衣と拳銃、両手に花を抱えて安田がビクついて歩く。受付などは寄らず、直接エレベーターで四階に上がって大橋親分の病室に向かう。

寝ている爺さん連中は全員、痩せて棒みたいだった。

こうなると人間も単なる物だな。

安田と俺が拳銃を抜く。

ここで再び付け加えておくが、俺たちは昔と同じ馬鹿だった。

構えてみたはいいが、頭に血が上ってどいつも同じ爺さんに見えて、誰が大橋親分か分からない。安田が「おい、大橋！」と怒鳴っても返事がない。みんなベッドに横たわって「う〜う〜」唸《うな》っている。しかし奥のベッドに寝ていた老人が「ああ」と手を挙げた。安田が花束を捨てて、その爺さんの顔に枕を押しつけ二発撃った。

その隙に俺が白衣を羽織ってすぐ安田と外へ出た。

簡単な事だと思ったが、脚の震えが止まらない。安田は黙々と歩いているが凄く早足で追いつくのが大変だった。

どうにか事務所に帰り、キーちゃんに報告した。で、純さんの店でずうっとマージャンをしていたというアリバイを頼んだ。もう、すぐ部屋で寝たかった。安田には小遣いをやった。

不意に母親の事を考えた。お袋は二年前に施設で死んだ。見舞いにも行かず、葬儀も人任せ、ヤクザってのは本当に因果な商売だと思ったものだ。

焼きが回ったのかな、歳か？

翌日、キーちゃんから電話が入った。

「おい、茂。お前、人違いしたぞ。カタギが死んだんだ。顔調べたのか？」

「部屋に入って大橋って呼んだんです。それで撃ったんで」

「馬鹿野郎、新聞やニュースでやってるぞ。抗争かってよ。どうすんだ、警察が来るか、丸菱が来るかどっちが早いかだぞ」

「兄貴、どうしましょう」

「安田と菊池を用意させとけ」

「でもカタギを殺ったら八年じゃ済まないでしょ」

「大丈夫だよ、アリバイはあるし。お前の所が殺る理由がねえだろう、黙っていろ」

そうキーちゃんに言われても不安でしょうがない。安田と菊池が心配だ。酔って何か言ってないか焦った。

手をこまねいてるうちにキーちゃんが現われた。

「おおー、ジジイ殺し。やってるか！」

「兄貴、勘弁して下さい。まあお茶でも飲んで」

構わずキーちゃんは「いいじゃねえか、丸菱でも警察でも出て来い、やってやろうじゃねえか！」なんて叫び、急に服を脱ぎ、事務所の台所から包丁を持ち出して外に走り出た。

遠くからパトカーのサイレンが聞こえてきた。

夜、テレビのニュースで警官達に押さえつけられているキーちゃんを見た。キーちゃんは病院に入れられて薬物中毒の治療を受けることになった。困った。ジジイ殺しの件で怪しまれるのは俺たちだ。キーちゃんの奇行は稲本と丸菱の注意を引いた。病院に入ったシャブ中のキーちゃんが一番安全だ。マトは捨て石の俺らになってしまう。

しかし予想に反して稲本会傘下のテキヤの親分が丸菱から報復に殺された。そこのテキヤは老舗《しにせ》の組だが美善一家が解散した後、稲本に加わりどこの組とも揉めず、縁日の出店や祭りの仕切りで稼いでいた。零細な下請けみたいなもんだった。俺らが狙った大橋も下請けだが、デカい組のヤツは死なない。俺の組みたいな小さな組が狙われるんだ。

まだビクついてたら吉岡親分から電話が来た。

「会長から相談されてな。今度の喧嘩は岩田と丸菱の幹部が仕組んだんだと。頼めるのは俺だと鬼の会長が泣きついてきたんだ。後継者は俺だとさ」

「何を仕組んだんですか？」

「幹部同士でつるんで会長を狙ってるんだよ」

「ひどいですね」俺はホントのことを打ち明けないでおく。

「馬鹿野郎のせいで俺たちが犠牲になるんだ」

そうかもしれない。俺やキーちゃんは馬鹿だ。

「どうしますか？」

「菊二は入院してるけどよ、ここは一つ任侠ってのを見せようぜ！」キーちゃんと違い、親分は弱腰が常だった。今は欲得で任侠ぶってるだけだ。「どうだ、茂！」なんて凄む。

どうせ、生きていてもしょうがねえ。

一般社会と同じで、ヤクザも頭が良くてずるいヤツが出世するんだ。

「やりましょう」

「岩田を殺るぞ。その後に丸菱にいるヤツの兄弟分だ！」

俺は佐々木に頼んで拳銃を集めた。

出入りの前、不安そうな安田、菊池たちに「これから殴り込みに行く、死にたくねえヤツは出て行け」と伝えた。

連中はどうしていいか分からない。いちいち気持ちを聞いていられないので、皆に晒《さらし》の下に新聞や週刊誌を入れてドスや拳銃を忍ばせるよう指示した。

それからトラックを準備してきた吉岡親分と落ち合い、佐々木の運転で岩田がいる馬喰町《ばくろちょう》に向かう。トラックのラジオから伊藤咲子《いとうさきこ》の瑞々《みずみず》しい歌声が場違いに流れてた。

誰のために咲いたのって訊かれても、まだ咲いてもいねえよ！

佐々木も緊張してたのか、つい目的の場所を通り過ぎてしまう。夢中で安田と菊池、若衆は飛び降りた。佐々木はバックで荷台から突っ込む。

白い夏のひざしをあびて、なんて歌ってくれるなよ。こっちは日陰者なんだ。

トラックが一階のドアをぶち壊し事務所の椅子や机を押し倒す。運転席から飛び降りた俺たちが拳銃を乱射する。屋内には岩田の若衆や助っ人のチンピラが十人以上いた。

歌は勝手に流れてくる。

涙なんか知らない。そりゃそうだ。いつでもほほえみをってか？　笑えるな。

拳銃の引き金を引き続けるが、相手も撃ち返すし、刃物を突き出して駆け寄ってくる。接近戦になる。拳銃を摑んだ腕の内側に相手の身体が入り込みドスが食い込む。日本刀が壁にぶつかって倒れ込んだヤクザに足を取られ、拳銃の弾は狙った相手の身体にかすりもせず、弾詰まりを起こしたり、火薬が発火しなかったりだ。

さっと枯れてしまうのでしょう、そんなひまわりの花。いい声で歌うんじゃねえ、こんな時に！

俺は拳銃の弾が無くなり、倒れている男から日本刀を奪い振り回す。だけど目の焦点が合わなくなっている。じっと目を凝らすと、吉岡親分と佐々木が重なるように倒れている。しかし数秒後、俺は背中から腹にかけて痺《しび》れを感じていた。男達の死体が視界から消えてゆく。

俺、やられたのか？　誰のために咲いたの？

＊

俺は逃げ切り、ラッキーなことに生き延びた。全身で七十針縫う怪我だったが、拳銃の弾は貫通していたし、斬りつけてきたヤッパの刃に錆もなく、二ヶ月、モグリの医者のところへ入院すると歩けるようにもなった。

だけどヤクザは辞めた。

と、言ってもカタギなのに騙したり、脅したりの商売以外に能がなく、バーの用心棒やキャバレーのサンドイッチマンなんかの職を転々とした後、今じゃ北千住のシケた焼き鳥屋の裏方をやっている。店の主人は中学の同級生だった鈴木だ。親爺の会社を継いだはいいが、筋の悪い投資で失敗して土地も失い、社も潰してしまった。鈴木は素人だから、店の焼き鳥は、界隈《かいわい》じゃ頗《すこぶ》る付きでマズいと評判だ。客が文句を言えば、俺の出番というわけだ。

キーちゃんはあの出入りの一年後、精神科から退院して、暫く純さんと暮らしていた。だけどある日、また薬でイカれたのか、ガキの頃みたいに千住新橋から荒川放水路に飛び込んだ。引き揚げられた遺体は颯爽《さっそう》としたキーちゃんのあの頃と全く違っていたはずだ。与えられた天性の才能を何も活《い》かせず、ただの不良で死んじまった。

3-4X7月

六月初旬から日増しに太陽が高く上り、今年の夏は一体何度まで上昇するんだろうと、おざなりにキャスターがテレビやラジオで騒ぎだした頃、いつもの夏の高校野球大会が始まる。日本中の高校球児たちが頂点を目指して必死になり、本番の甲子園では大人の見世物よろしく、観る者は常連の有名強豪校を倒すダークホース探しに躍起になっていく。プロ野球人気が斜陽とされて久しいが、まだまだ日本の野球の夏は気温とはまた別の熱さがあり、熱が人を狂わせていくものなのだ。

＊

——暑い。

甲子園、俺にはとても遠く感じる場所だ。縁がないと言っていい。

俺達、渋沢志学園《しぶさわし》野球部もどうにか部員が十人まだ辞めずに残っているが、東京大会が終われば部員数は多分九人を切ってしまうだろう。東京は出場校数が多いため東東京、西東京と分かれて地方大会が行われるが、今年こそ二回戦突破だと意気込んでいるのは三年のキャプテン森谷《もりや》で、彼は日本の大学には行かず、来年アメリカに留学するらしい。

渋沢志学園という俺の高校は、戦後のベビーブームにより高校へ進学する生徒が増えることを見越して、初代の理事長が当時の文部省の友人の力を借りて創設したが、校名に冠した、渋沢栄《えい》一《いち》の業績などとは関係なく、集まったのは他校に落ちた出来の悪い、馬鹿学生ばかりだった。英語の「the」を「テヘ」なんて平気で読んで、教師も「ハイ、いいでしょう」などと授業を進めてしまう。開校当初は校舎が江戸川区にあることもあって生徒達が浅草や上野で喧嘩ばかりして、よく警察の世話になった札付きの高校だった。

しかし、「自分の名前を書けたら合格」とか「教師を腕尽くで締め上げたら成績アップ」なんていう、あまりの世評の悪さに年々受験生が減り、ついには定員割れを起こし、理事長からのプレッシャーでストレスを抱えた校長が痴漢行為で引責辞任するなど開校数年で廃校の噂でもちきりになった。俺も「渋高《しぶこう》は馬鹿と不良と痴漢しかいない」なんて、小学生の頃、耳にしていた。

それが突然、数年前から渋沢志学園を開成高校やラ・サール高校などに匹敵する高校にしようと、役員や先生が他県の中学を回り優秀な生徒を特待生として入学させ、どうにか今の進学校に仕立て上げたらしい。

俺は中学では成績は上の方だったが野球が好きで、親の目を盗んじゃあ野球をやっていた。しかしいざ高校受験となると甲子園に出られるほどの実力が無いらしいし（自分ではあると思っているのだが、背が低いし痩せていたので、皆見た目で俺をセカンドかライトで八番と決めつける）、野球の強豪校を諦めて進学校の渋沢志学園を選んだ。

入学してすぐ野球部に入ったが、この高校のクラブ活動は一年生と二年生が主力で、三年生は学校が終わると各自、予備校や専門の塾に駆けつけ、東大や京大、東北大などを目指し受験勉強をする。

だから俺の高校はほとんどの運動クラブで人数が揃わず、試合ができない。サッカー部が八人、ラグビー部などは十二人くらいなので、試合のたびに他のクラブの部員を借りてくる状態で、ルールも知らない奴がボールを追っかけている。

俺が野球部に入ったときは新入部員が五人、これで人数が揃ったと二年の部員が喜んでいた。今度の大会でも「青井・日本橋」「赤羽商・足立東・三商」「浅草・かえつ有明」や、他にも四校が東東京大会に連合チームとして参加している。なんか銀行みたいで笑わせるが当事者達は必死だ。いっそチーム名が「三井・住友・ＵＦＪ・みずほ」だったらいいのに。

東東京大会は二十三区のうち、世田谷区、練馬区、杉並区を除いた二十区と伊豆諸島、小笠原諸島で参加百四十校。優勝まで最大八試合、シード校は六試合だ。

運よく渋沢志学園の一回戦の相手は実力が同じような都立高校で、球場も近くの江戸川区球場だった。情けないことに俺達のチームは監督がいないので選手が監督代わりだ。部長はいなくてはならないので、毎年社会科の教師の木口《きぐち》に来てもらう。木口はここ何年か試合に来ているうちに監督業の面白さを知ってしまったのか、今回試合前にスターティングメンバーまで決めてしまい、今まで二年間、俺はセカンドで八番だったのに、一年生の坂本《さかもと》を先発メンバーにして俺を外した。理由が「坂本は左だから！」。

最後の夏なのにと思ったが文句など言う勇気もなく黙っていると「池辺《いけべ》は代打の切り札だ！」なんて言っている。にわか野球のくせに。


試合が始まると弱いチーム同士のせいか結構いい試合になった。よく十点以上差がついて五回コールドとか七点以上差がついて七回コールドになってしまうのだが、お互いにフォアボールやエラーがあまりなく、ヒットや盗塁などで七回の表までで四対三と接戦になった。

後攻めの俺達は、七回の裏ツーアウトの後、一番のキャプテン森谷がセンター前ヒット。続く田中《たなか》、小久保《こくぼ》がラッキーなヒットでツーアウト満塁と絶好のチャンス。ここで、進学校のモヤジ揃いの中ではヒッターで知られている五番坂本の打順なのだが、部長の木口がいきなり立ち上がって、「おい池辺、代打だ！　俺はこのチャンスを待っていたんだ！」なんて叫んだ。まるで前から分かっていたかのような口ぶりが笑わせる。伝令が走り、審判に代打を告げさせた。場内に「五番、坂本君に代わりまして、池辺君！」とよく聞く口調の女の声でアナウンスされる。

俺はさっきまでベンチで面白くなかったが、ここで一発デカいのを打って逆転してやる、と何回も素振りをして打席に向かった。

「満塁だしストライクを取りに来るだろう、多分ストレートで外角だ！」

俺は初球を外角のストレートと読んだ。

ピッチャーが投げる。

「ストレートだ、思いっきり踏み込んでセンター返し！」

と、思って踏み込んだとたん、外角へ投げるはずのストレートがすっぽ抜け、シュートして俺の頭に向かってくる。

身を屈《かが》めたが間に合わず、ヘルメットにボウリングの球が激突したような衝撃が走り、バッターボックスの中に崩れ落ちた。地球の穴に吸い込まれていくような感覚だった。

真っ暗な世界が段々明るくなってきた。

何人かの男が俺の顔を上から覗いている。チームのメンバーだ。審判もいる。頭にデッドボールを受けたんだと分かった。

氷水に浸したタオルで頭を冷やし、一塁へ向かった。相手のピッチャーが帽子を取り一礼、球場にパラパラと拍手が起こった。こんな試合でも観に来る奴がいるんだと思った。

しかし今のデッドボールで押し出しの一点が入り四対四の同点。まだ満塁だ。次の六番大山《おおやま》が打てば逆転だと未《いま》だにぼうっとしている頭で一塁に立っていた。

大山は俺と同じように考えていたんだろう、前のバッターにぶつけてしまって満塁という悪い状況を作ってしまっているので、ここはストレートで勝負してくる、と。ところが今度は外角にストレートが決まってしまい、踏み込まなかった大山は初球の外角球を引っ掛けてしまった。ピッチャーゴロでスリーアウト。

そのまま試合は九回まで追加点なく進み、表の攻撃もうまくかわし、いよいよ裏の攻撃。田中、小久保が簡単に打ち取られツーアウト。また俺の出番だ。この回、無得点だと延長戦になってしまう。

「相手のピッチャーも暑さで参っている。さっき俺の頭にぶつけているのでストレートはあまり投げたくないだろう」

俺はそう読んでカーブが来ると思いバットを長めに持ってヘッドスピードを上げて打ち返そうと構えた。知《し》らず識《し》らず二の腕に力がこもる。

ピッチャーが投げた。

予想通りのカーブだった。それもインコースから真ん中に曲がる絶好球だ。俺はなぜか無駄な力が抜け、気持ちよくスイングできた。打った球は信じられないくらいの角度で舞い上がり、センターのバックスクリーンを直撃した。

サヨナラホームランだ。

選手達は今起こったことを暫く理解出来ず、ただグラウンドに呆然と立っていたが、俺がホームベースを踏んだころにはチーム全員が小躍りして抱きついて来た。

試合は四対五のサヨナラ勝ちだった。

一番喜んでいたのは俺をレギュラーから外していた木口だった。「どうだ、俺の読みは？ 池辺がやると思ってた！」なんて調子のいいことを言って笑っている。

あくる日の新聞にこの記事が小さく出ていた。

『渋沢志学園、池辺のサヨナラホームランで初戦勝利』

たったこれだけだが嬉しくてその記事を切り抜いて取っておいた。次は渋沢志学園何年ぶりかの二回戦だ。今度は先発させるだろう、木口の奴！　親が勉強しろと言っているが、無視して家の前で素振りを繰り返した。サヨナラホームランの感触を忘れないように。力まずスッと振る！　これだな、もう俺はバッティングの神髄を摑んだような気がした。

二回戦は都営駒沢球場だった。相手は創立三年目の工業高校で一回戦より楽そうな相手だ。これからのＩＴ時代を担う人材育成を謳《うた》っているが、どう見てもコンピューターの仕組みなんてわからず、一台も自作出来ないどころか、スマホも満足に使えないような面構えだ。だって俺達を見る目が違う。毎年東大に何人もの合格者を出している進学校のエリート達だと、まるで偉い先生を見るように無駄に目をキラキラさせていた。

試合が始まったが、俺はまたベンチだ。十人しかメンバーがいないので一塁コーチや伝令をやらなければならない。前の試合でサヨナラホームランを打っているのに、木口の奴は「池辺！　今日も頼むぞ、必ず出番が来る」なんて名監督ぶってる。

「当たり前だ、下手クソ同士の試合なんだから、誰が出ても同じだ！」俺は内心毒づいた。

試合は俺の思った通り、両校のエラーやフォアボールで五回までで六対六と情けない試合になった。

俺らは後攻めで、なぜか相手が点を取るとすぐ同点にするが、逆転はできない。四回にライトの渡辺《わたなべ》が体調を崩し、代わりに俺が入った。情けないことにライトで八番だ。渡辺は二年生なのに、もう受験に向けて予備校の夏期特別コースとかいう国立大受験のための授業を受けに毎晩水道橋《すいどうばし》まで通っていて、昼の野球が堪《こた》えたのか熱中症で倒れてしまったのだ。こんな奴、野球なんかやめればいいのに。

自分で審判に「ライト渡辺に代わり池辺が入ります！」と告げる。言っている自分が恥ずかしい。

木口は「まずいなあ、代打の切り札がいなくなった」とボヤく。

馬鹿かよ。そんな心配より、また誰か倒れたら没収試合じゃねえか、守備につきながら俺は思った。

試合は両校のピッチャーが持ち直したのか、それとも両チームが疲れたのか、六対六のまま九回まで進んだ。表の攻撃、一年生のピッチャー小久保がボールを連発。ヒット一本とフォアボールで一挙三点を取られ万事休す。

しかし裏の俺達の攻撃、ツーアウトの後、今度は相手のピッチャーが制球を乱しデッドボールとフォアボールでツーアウト満塁。また俺に打順が回ってきた。

木口が「池辺！　俺の思った通り天はお前をヒーローにしたいんだ！」と調子のいいことを言

っている。俺はなぜか身体が痺れたような、催眠術で誰かに操られているような気分になっていた。「ここでホームランを打てばサヨナラ満塁弾だ」とは思ったが、別にそれが大したことでもないように感じていた。よく考えれば高校野球の地方予選でサヨナラホームランを打っても、甲子園で打ったわけでもないし地方新聞に載るだけだ。

打席に入った。

ピッチャーはアンダースローでシンカーを投げるらしい。俺はカーブだけに的を絞って外角のストレート、シンカーを見逃した。ワンボールワンストライクとなって、ふと相手の考えが分かったような気がした。

「次はインコースにストレート、決め球は外角のカーブだ！」

誰が教えてくれたんだか、俺はインコースのストレートを狙った。

飛んでくるボールの回転まで見えた。

感覚が麻痺《まひ》していたのか、バットが一直線にボールの中心から下に入り込み、ボールは浮き上がるようにレフトスタンドに打ち込まれた。喜ぶチームメイトやうなだれる相手のピッチャーや選手がスローモーションのように映る。

またサヨナラホームランを打ったのか。

帰りの電車の中はキャプテンの森谷を中心に大騒ぎだった。一番うるさかったのは木口だ。この試合の演出者気取りだった。

「なぜ、池辺を先発で使わなかったのか？　なぜ渡辺と交代させたのか？　ついに名伯楽、名采配に開眼したってわけだ。池辺をベンチに置いて試合を客観的に見させると、こいつはいつの間にかピッチャーの攻略法を見出《みいだ》す。そこに俺は期待してたんだ。三回戦は渡辺が出られないかもしれないから、切り札を温存できなくて心配だ！」

俺は「何言ってんだ、運動音痴のくせに。交代したのは渡辺が熱中症で倒れたからじゃねえか！」と思った。

翌日の新聞の記事には、やや大きく俺のことが出ていた。

『奇跡のバッター池辺、二試合連続のサヨナラ　今度は満塁弾！』

その日の夜も外でバットを振っていた。両親は記事を読んだからか何も言わない。昨日のバッティングは本当に不思議だった。何も考えずにバットを振った結果だが、こういうことはよくボクシングで起きるとスポーツニュースで聞いたことがある。ボクサーが無意識に放ったパンチが相手をとらえ、見事にKOするのと似ている。

いよいよ三回戦に進んだ。

これは学校創立以来の事件だった。今日は江戸川区球場に多くの客や報道陣が来ている。木口の間抜けは「おい池辺！　奇跡を呼ぶ俺達を観に、すごい数の客や報道陣が来てるぞ」と一人浮かれている。こんなことで舞い上がってるお前が奇跡だよ。

今日からシード校の登場で、開幕前から評判の東江戸川大中央高校エース遠藤《えんどう》が出るからだと俺は分かっていたが、木口はそんなこと何も知らないらしい。注目株である遠藤は百六十キロのストレートを投げると言われ、今やプロや大学、社会人野球の即戦力と見なされている。どうも本人はメジャーを目指しているらしい。

俺達は先攻、もちろん相手はエースの遠藤が投げるわけがない。格下相手に秘蔵《ひぞう》っ子を出しては損なのだ。それより参ったのは、渡辺がふらふらで球場に現われたことだ。

木口はヨレヨレの渡辺を見て「オーケー池辺、お前をキープしちゃうぞ。チャンスだな。また代打でミラクルのサヨナラ・グッバイだ！」なんて、お前は長嶋茂雄《ながしましげお》か。サヨナラよりコールドだろ。五回まで俺の出番がなかったらこいつ一生かかっても復讐してやる。

試合が始まった。相手は二年生の左投手が先発だ。控え投手相手にいきなり三者三振。初回裏に俺達はホームランを打たれ、いきなり七点取られて五回コールドは間違いなしだった。それでもベンチで木口は「池辺、必ずチャンスが来る。そのとき一発、ミラクルをお見舞いだ！」

なんてほざいている。いきなり七点もリードされてんのに俺が一発打ってもしょうがないだろう。

結局四回までに十二点取られ、三振九個、内野に飛んだゴロ三個でパーフェクト。

五回表の俺達の攻撃、そのとき相手のピッチャーが遠藤に代わった。東江大中央高校の監督が報道陣や関係者に気を遣ってか、遠藤を実戦に慣らすためか、一回でも投げさせるらしい。

アナウンスに球場がどよめく。

ゆっくり遠藤がマウンドに上がり、二、三球キャッチャーを立たせたまま肩慣らしを始めただけで、その球の回転とスピードが並じゃないのが誰でもわかる。

注目の中、遠藤が先頭打者四番の小久保に第一球、もの凄いストレートがキャッチャーミットにスパーンと快音を響かせて吸い込まれる。バッターはただ見送るだけ。二球目も同じストレート。最後はカーブ。小久保は全くタイミングが合わず、手を出したが空振り。五番坂本も三球三振。簡単にツーアウト。球場に集まった記者や関係者は早くも写真を撮りまくり、明日の記事のために観客を取材したり挨拶をしだしたりする。

そのとき木口が「おい池辺、チャンスだ。ピンチヒッターだ！」なんて立ち上がる。

こいつ何言ってんだ。ツーアウトでランナーなし、十二点差で何がチャンスだ、と思ったが、六番大山君に代わりまして池辺君と放送されたときは流石《さすが》に焦った。

あるスポーツ新聞に進学校のミラクルボーイとして俺のことが書いてあったらしく、ミラクルボーイ対プロ候補のエース遠藤の対決が見られると球場内はざわつき、拍手や俺に対する声援が上がった。

遠藤はハナから相手にしていないそぶりでバッターボックスに入る俺を見ていたが、「こいつが二試合連続でサヨナラホームランを打ったのか、小さくて痩せているな」とナメているように俺には見えた。

「ここはストレートに的を絞り、スピード負けしないように短くバットを持ってセンター返しだ」と決めた。

第一球、遠藤が大きく振りかぶって投げた。

球は空に向かって投げたような超スローボールだった。百六十キロのストレートを待っていた俺は前につんのめり顔から突っ伏した。

場内爆笑の渦だ。

恥ずかしいのと悔しいのとで身体が痺れてきたが、この感覚は二回戦でサヨナラ満塁ホームランを打ったときと同じで、また誰かが俺を操っているような気がしていた。

「もしかすると、遠藤の奴、今度は速い球を投げて落差で皆を脅かす気だな」そう思い、もう一度速球を待った。

遠藤がしなやかに腕を伸ばし、グンと投げてきた。

ストレートだ。

また無意識のうちにバットが出た。

百六十キロのボールが勝手にバットの芯に当たり跳ね返っていった――。

センターオーバーのホームラン。

引き攣《つ》った顔の遠藤を睨みながら俺はベースを一周した。記者や関係者がざわめく。木口がまるで試合に勝ったように騒いでいる。皆が信じられないといった様子で出迎えた。

試合はその後、怒った遠藤が七番の二宮《にのみや》をストレートだけで三球三振。ゲームセット。

けれど試合結果よりも遠藤から打った俺のホームランの方が話題になっていた。明日の新聞が楽しみだ。控え室に戻ると、次の試合のメンバーが皆俺に注目している。

「池辺ってあんなに細くて、遠藤からホームラン打ったんだって、あの身体で？」

「イチローだって痩せてたらしいぞ」

「馬鹿、イチローは百八十センチくらいあるよ、ピッチャーで四番だったんだから」

耳にするだけでくすぐったい、色々な声が聞こえてくる。

着替えているとき「ちょっといいかな？」とスポーツ新聞の記者が話しかけてきた。それをきっかけに俺の周りにマスコミや野球関係者が集まってきた。質問は、遠藤の球はどうだったか？

将来プロや大学で野球を続けるのか？　といったもので、まだ何も決めていないと答えたのだが、またあの木口が「うちの高校は進学校なんですが池辺君の活躍で文武両道という教育の理想が実現されそうです。将来も勉強しながら野球を続けさせるつもりです」なんて口を挟んだ。いつの間にか親にでもなった気でいる。

帰りの電車にまでついてきて話しかけてくる奴がいた。有名な自動車メーカーの社員でその企業は社会人野球の名門だったが、勧誘されても親と相談すると言って話をしなかった。

家に帰るともう両親に、息子さんのことで相談に乗ってくれ、と地方の大学や企業、それだけでなくプロ野球のスカウトからも連絡があったらしい。

居間で父親が「順一《じゅんいち》どうする、お前？」と訊いてくる。

「何が？」

「何がって将来だよ。お前野球続けたいのか？」

「野球はやりたいよ、今まで皆、俺の実力認めてくれなくて八番とかセカンドとか見た目で決められてきて、イライラしてたんだ」

「やっと周りに認めさせたんだからもういいか？」

「でも、もうちょっとやってみたいと思ってんだ」

「じゃあ、大学でやったらどうだ、東大にも野球部があるし」

「東大は弱すぎるよ、六大学のお荷物だ」

「東大で首位打者になれば、歴史に残るぞ」

「父さんは運動したことないからそんなこと言ってんだよ。運動は環境が大切で、良いコーチ、良い選手がいなきゃ駄目だよ」

俺の親父は東大を出て当時の大蔵省に入ったバリバリのキャリア官僚だったが、事務次官レースに敗れ、今はヘッドハンティングされて外資系の銀行で働いている。銀行は元官僚を雇っておけば、何かと便利なだけだから拾ったんだろうが。

いい大学に行けばいい就職ができる、というのが日本の常識なので、とにかく子供をいい大学へ進学させ、さらに官僚にさせれば親方日の丸で一生安泰だと思っている親が大半だ。

親父は民間会社に再就職して日本の官僚とは一線を引いた、と威張っているが、俺に言わせれば親父も天下り、それも外国企業の使いっぱしりじゃないかと思う。

玄関のチャイムが鳴り、パ・リーグの球団のスカウトだという人が訪ねてきた。

居間で親と名刺交換の後、本題に入った。スカウトが言うにはドラフト指名外で俺と契約したいという。

「そんなことで入団しても一軍のレギュラーになる自信もないし、コーチや監督も期待してないだろう。単なる話題づくりに利用されるのは嫌だ」

スカウトは高校生のくせにちゃんと立場をわきまえているな、と思ったようだ。

「選手でうまくいかなくても、うちの親会社は大きな組織なので、引退後、会社に就職できる契約をしておけば安心してプロで勝負できると思うのですが」

すると親父が「野球が駄目なときに就職となると学歴は高卒でしょう。この子は東大を目指してるんです。今すぐプロに行って、もし野球を諦めたとき、会社での待遇が心配ですね。なあ順一！」とこちらに話を振る。うるさいよ。

「いや俺は野球をやりたいんだけど、ドラフト外ってのが嫌だ。もしドラフトで指名してくれるのならプロになってもいいし、プロで駄目だったら大学を受験してもいい」

両親は俺の話を聞いて安心したのか不安になったのか、中途半端な気持ちだっただろう。

「また球団やオーナーなどと相談して伺います」

そう言うと八木《やぎ》と名乗ったスカウトは帰って行った。

「お前、指名されたらプロになるのか？」

「二、三年やってみて駄目だったら大学行くよ」

「指名はないと思うが、とにかく野球は終わったんだから受験勉強だな、大丈夫か？」

「予備校の夏期講習に明日から行くことにした」

その日からいよいよもう一つの夏の大会、「東大予選」が始まった。夏期講習が終わると、残りの休みは一日を三分割して一日十二時間勉強するスケジュールを組んだ。

朝六時起床、八時まで朝食と新聞チェック。八時から十二時まで勉強、十二時から二時まで昼食と休憩、二時から六時まで勉強、六時から八時まで晩飯と入浴、八時から十二時まで勉強、十二時から六時まで睡眠。これを二十日間続けた結果、八月末の全国模試などではかなり優秀な成績を上げることができた。

新学期が始まった。受験生の三年生の中には学校にも来ないで予備校に通っている者も多いが、俺は野球のことも気掛かりだし、学校に行き、野球部に顔を出して一緒に練習をしたりした。

夏の大会が終わり、野球部は秋の大会のために練習をしていた。三年生の姿は見えないが、二年と一年がやたらといる。新キャプテンの大山に訊いたら、夏の大会で俺が脚光を浴びた後、入部希望者が激増したという。

そこに木口が現われ「おお、池辺どうした。こないだ俺のところにスカウトが来て、監督さん、どうにか池辺をプロになるよう説得してくれってお菓子置いてったぞ、どうすんだ？」と偉そうに言う。木口はいつの間にか監督になっていた。ノック一本も満足に出来ないのに！

「応志望届出して、ドラフト指名されたら行きます、と答えておきました」

「本当にドラフト指名されたらどうすんだ？」

「二、三年行ってみようかと思ってます。駄目だったら大学行きますよ！」

「何位指名でもいいから、指名されないかな。我が校始まって以来の快挙だぞ！」

それを聞きつけ部員たちが集まってきた。

「池辺さんプロから指名受けるんですか？」

「三試合連続ホームランだものな。一本はあの遠藤からセンターオーバーだぞ」

「遠藤はプロ行くみたいですね」

「池辺さんもプロになってまた対決してホームラン打ったら凄いでしょうね」

皆、口々に勝手なことを言っている。


家に帰ってみると、前に来ていたパ・リーグ球団のスカウト八木が、親父とお茶を飲みながら中国の為替操作だとかイギリスの王室問題だとかを話していた。親父は嬉しそうな顔をして、得意げに日銀や財務省の悪口を言っていた。こうも俗物だとは。

俺の顔を見た二人は急に改まってこちらを向いた。そして親父がしたり顔で「順一、八木さんが三位指名すると言ってきたんだ。何年かやって一軍のレギュラーになれなかったら、受験してもいいし就職も面倒を見ると親会社が言っているって。どうする？」と尋ねてきた。

「十月後半だろ、ドラフトって。それまで俺は受験勉強したり学校のクラブで球打ったりしてるよ。ドラフト指名されたら受ける！」

　俺がそう言うと八木は「必ず指名します、約束ですよ」とホクホク顔で帰って行った。

「三位指名でいくらくれるんだ、契約料って年俸なのか？」

　相変わらず親父は金の話しか興味がないらしい。俗物で銭ゲバの血を継いでると考えると情けなくなる。本人いわく「国の財政を担ってる」ようだから諦めるしかない。

「プロが新人を入れて契約金とか年俸を払っても、そんな金は企業の広告料やオープン戦で取り返せるらしいよ」

　俺が言うと親父は途端に顔をしかめて「あらゆる物や人の価値がお金で評価される嫌な時代だ」と掌《てのひら》を返す。お前は定見がないのか！　貴様ら官僚がそんな価値観を作ったんじゃないか、元官僚の考え方なんて勝手なもんだ。だからといって東大に入りキャリア官僚になることが嫌になったわけではないが。俺も同じ穴のムジナか。


　季節が秋本番を迎え、野球雑誌やスポーツ新聞がドラフトの記事を載せだした。

『豪腕遠藤、日本球団を無視！　メジャーリーグ決定か？』

『怪物遠藤君、巨人よりドジャース希望！』

　その中に混じって俺の名前も出ている。

『進学校のミラクルボーイ池辺、東大進学よりプロ目指す？』

なんて無責任な文字が躍っていた。

このことは俺の野球部でも話題で、たまに顔を出すと後輩が寄ってきてその話ばっかりになる。「指名されるわけないじゃないか！」と言っても「日刊スポーツや報知に出ていたんですよ！」と言い返される。確かにこれまで色々なスポーツ新聞がインタビューを申し込んできたが、全て断ってきていた。

しかし監督の木口がペラペラ喋っているんだろう。東スポなんかには大々的に『池辺、怪物遠藤を追いかけヤンキース入り？』なんて書いてあった。いくらなんでもメジャーなんて遠すぎる。自分でも恥ずかしいもんだ。


十月後半、ドラフト会議の日。例年通り、スポーツ新聞がはしゃぎ、テレビ、ラジオもこぞって高校ナンバーワン投手だった遠藤を追いかけている。

そして会議が始まり、一位指名の選手が被った球団が抽選を行い、一喜一憂するのもいつもの光景だ。

場内がざわめいたのは、三位指名で「池辺順一」と呼ばれたときだった。拍手と失笑が混じったような微妙な空気に、俺は複雑な気持ちだった。

あくる日、高校へ顔を出した。野球部の部室に行くと、急に後輩が「先輩、三位指名おめでとうございます」と寄ってきて、木口まで「さあ、皆で池辺を胴上げだ」と騒ぎだす始末。皆が俺を持ち上げ、上に投げだした。今まで胴上げなどしたことがない奴等が俺の身体を上に放り投げたのでバランスが取れず、下半身だけが跳ね上がり、ついに頭から地面に叩きつけられ暫く動けなかった。

「おい、池辺、大丈夫か？」

俺を見下ろしている皆の顔が段々見えてきた。

太陽がやけに眩《まぶ》しい。

ここはどこだ？

「おい、分かるか？」

キャプテンの森谷が顔を覗かせて俺の様子を見ている。

全員ユニフォームを着ている。気遣わしげな審判の顔も見える。

俺はデッドボールをぶつけられて、皆が心配して周りに集まってきていることに今やっと気が付いた。

起き上がって一塁に歩いた。

前に読んだ脳科学者の話に、寝ている人の首に冷たい金属を当てると目を覚まし、怖い夢を見たと言う、というのがあったことを思い出す。どんな夢を見たのかと訊くと、子供時代から自分は悪者で、ついに警察に捕まり裁判で死刑の判決を受け、ギロチンで首を刎《は》ねられた途端、夢から覚めた、と。

ただ寝ている人の首に冷たい金属を当てただけで、目覚める前に脳はそんな起伏に富んだストーリーを作ってしまう。俺も……一回戦でのサヨナラホームランに続き二回戦でも満塁サヨナラホームランを打ったことや、三回戦で豪腕遠藤からセンターオーバーのホームランを打ったこと、ドラフト三位で指名されたことは全て、一回戦で相手のピッチャーからデッドボールをぶつけられて気絶し、気が付くまでに俺の脳が作りあげたフィクションだったのか。

一塁にぼーっと立っていると牽制《けんせい》球がきてタッチアウト。

満塁でもなく、ただデッドボールの俺が一塁にいただけ。

この後、試合は五対四で負け。九回のサヨナラも何もなく、帰りの電車の中では秋の大会までに部員を増やさなくてはいけないと、試合後、ミーティングで次のキャプテンに決まった大山が心配している。

部室に帰って自分の道具を片付け、後輩に送られて家に帰ってきた。

親父が居間にいて「どうした、試合?」と興味なさげに訊く。

「負けた。五対四。頭にデッドボール喰らった」

「順一、大事な頭だぞ、大丈夫か？　明日から受験準備だ。もう野球も終わったし思い残すことないだろ、クラブ活動は！」

元官僚でしかめ面ばかりしているくせに金と名誉に汚い親父。これは夢でも現実でも同じ性格だから笑ってしまう。こいつに気絶していたときどんな夢を見ていたか教えてやったらせせら笑うだろうな。

「くだらない夢の話は忘れろ！　さあ、リアルな勉強だ！」

しかし、俺にとってあの夢は忘れるどころか、心に巣くう別のリアルになった。

毎日夜遅くまで勉強して東大に入り、今日からゆっくり寝られるとすぐ寝付いたら、朝がきて目を開けるとまた野球場のバッターボックスで皆に囲まれていたり、やっと彼女が出来て、初めてホテルの部屋で目覚めた時、キャプテンの森谷が覗いていたり、女房も貰いマイホームもローンで買って、官僚仕事に疲れついウトウトして寝てしまった時、「おい、池辺！」なんて木口に指名されたり、あの世界の瞬間が訪れるようになった。

目を開けるのが怖い。

どれが現実なのか。

目覚めの淡い狭間《はざま》の瞬間だけ、その時だけ、リアルに生きている気がする。

この怖《おそ》れは死ぬまで続くはずだ。

俺には判っている。死の間際、「おい、池辺順一！」と言われて目を開けると、目の前に閻魔《えんま》大王《だいおう》と鬼達が並んでいるんだ。

初出　不良　「小説すばる」二〇二〇年二月号
3-4X7月　書き下ろし

JASRAC 出 2003993-001

装丁　　　　矢野のり子（島津デザイン事務所）
カバー写真　市橋織江

北野武（きたの・たけし）

一九四七年一月一八日生まれ。お笑いタレント、司会者、映画監督、俳優、作家。ビートたけしの名でビートきよしと結成したお笑いコンビ、ツービートは一九八〇年代初頭に起こった漫才ブームの中で社会風刺を題材としたシニカルな笑いで人気を獲得。数多くのテレビ番組に出演してヒットを連発する。一九九〇年頃より司会業や映画監督業にも力を入れる。一九九七年、映画『ＨＡＮＡ‐ＢＩ』が、第五四回ヴェネツィア国際映画祭で金獅子賞を受賞。また精力的に執筆活動も行っており、近著に『キャバレー』『北野武第一短篇集　純、文学』『首』などがある。

不《ふ》良《りょう》

二〇二〇年六月一〇日　第一刷発行

著　者　北野《きたの》　武《たけし》
発行者　徳永　真
発行所　株式会社集英社
〒一〇一-八〇五〇
東京都千代田区一ツ橋二-五-一〇
電話　〇三-三二三〇-六一〇〇（編集部）
〇三-三二三〇-六〇八〇（読者係）
〇三-三二三〇-六三九三（販売部）書店専用

印刷所　凸版印刷株式会社
製本所　ナショナル製本協同組合

定価はカバーに表示してあります。

©2020 Takeshi Kitano, Printed in Japan
ISBN978-4-08-771717-4 C0093

造本には十分注意しておりますが、乱丁・落丁（本のページ順序の間違いや抜け落ち）の場合はお取り替え致します。購入された書店名を明記して小社読者係宛にお送り下さい。送料は小社負担でお取り替え致します。但し、古書店で購入したものについてはお取り替え出来ません。
本書の一部あるいは全部を無断で複写・複製することは、法律で認められた場合を除き、著作権の侵害となります。また、業者など、読者本人以外による本書のデジタル化は、いかなる場合でも一切認められませんのでご注意下さい。

集英社の文芸単行本

増島拓哉　闇夜の底で踊れ

三五歳、無職、パチンコ依存症の伊達。ある日、大勝ちした勢いで訪れたソープランドで出会った詩織に恋心を抱き、入れ込むようになる。やがて所持金が底をつき、闇金業者から借りた金を踏み倒して襲撃を受ける伊達だったが、その窮地を救ったのはかつての兄貴分、関川組の山本で――。第三一回小説すばる新人賞受賞作。

逢坂　剛　百舌落とし

過去の百舌事件との関わりから露わになった商社の違法武器輸出問題は、一時的な収束を見た。しかしそこへ新たな展開が。元民政党の議員、茂田井滋が両目のまぶたを縫い合わされた状態で殺されたのだ。探偵の大杉、警官のめぐみ、公安の美希は独自捜査を始める――。殺し屋百舌とは何者なのか。伝説的公安小説〝百舌〟シリーズ、ついに完結。

黒川博行　桃源

沖縄県民の互助組織〝模合〟で集めた、仲間の金六百万円を持ち逃げした比嘉を捜すことになった大阪府警泉尾署の刑事、新垣と上坂。比嘉を追って沖縄に飛んだ二人が辿り着いたのは、近海に沈む中国船から美術品を引き上げる大掛かりなトレジャーハントへの出資詐欺だった――。色男と映画オタクの新コンビが事件の真相に迫る新シリーズ！